Le Saint

CW01639314

ŒUVRES PRINCIPALES

Monsieur X
Terreur sur Londres
Le bandit
Le cavalier blanc
Les aventures du Saint

Leslie Charteris

Le Saint entre en scène

Traduit de l'anglais
par Sophie Troubac

Librio

Texte intégral

Titre original
«The Man Who Was Clever» in *Enter the Saint*, 1930
© 1930 by Leslie Charteris
All rights reserved
© 1996, EJL pour la traduction française

1

M. Ganning, dit « le Serpent », bien que privé des qualités qui font d'ordinaire les grands criminels comme de celles qui distinguent les vrais gentlemen, n'est cependant pas totalement dépourvu d'intérêt. Il fut en effet la première victime d'une organisation dirigée par un homme connu sous le sobriquet du Saint et qui, en l'espace de quelques mois, allait répandre la terreur dans les bas-fonds londoniens. Cette association, composée de jeunes gens aussi téméraires qu'incorruptibles et brillamment encadrés, opérait dans le cadre de la loi mais n'hésitait pas, le cas échéant, à en franchir les limites. Le temps n'allait pas tarder où la seule évocation du Saint suffirait à remplir d'effroi le moins imaginatif des criminels, où le signe du Saint dessiné à la craie sur sa porte – une silhouette en filigrane dont la tête ronde et chauve s'orne d'une absurde auréole – plaquerait contre le mur le plus courageux des malfaiteurs, sa main volant instinctivement à sa poche revolver, le corps traversé de frissons de peur glacés. Mais à l'époque de Ganning, le Saint débutait et son nom n'était pas encore entouré de l'aura d'invincibilité presque surnaturelle qui allait vite devenir la sienne.

Ganning était un homme grand, incroyablement maigre, doté d'un teint jaunâtre et de cheveux noirs invariablement gras. Sa tête, petite et ronde, se dressait en avant dans le prolongement d'un cou aussi long et décharné que l'était son anatomie. Cet aspect général, combiné à une allure sinueuse, l'éclat de ses petits yeux noirs vides d'expression et la souplesse muette de ses déplacements laissent apprécier la finesse de son surnom. Ganning était en outre le chef d'un gang particulièrement coriace qui sévissait sur les champs de courses sous le nom de « Gang du Serpent » et vivait dans une opulence honteuse grâce au produit des chantages qu'il faisait subir aux bookmakers, menacés, en cas d'insoumission, des plus odieux châtiments corporels. D'autres détails aussi peu agréables compléteront en leur temps ce tableau peu ragoûtant.

La raison de l'intervention du Saint dans les affaires du Serpent et de ses hommes fut le traitement infligé à Tommy Mitre à l'occasion de sa première expérience de turfiste. Tommy, qui avait les chevaux dans le sang, avait toujours rêvé d'être jockey. Hélas, au début de son apprentissage, une chute malencontreuse l'avait sévèrement blessé. Incapable de remonter en selle, il avait dû se contenter de l'humble tâche de garçon d'écurie dans un haras de grande renommée jusqu'au jour où l'un de ses oncles – patron de pub en son temps – eut le bon goût de mourir, lui léguant l'incroyable fortune de deux cents livres sterling. Tommy décida alors de tenter sa chance dans le Cercle d'Argent. Il prit une licence, peignit son nom sur un écriteau (*Tommy Mitre – The Old Firm – Maison fondée en 1822*) et engagea un employé. Puis il se rendit à Brighton avec tout son attirail et le reliquat de son héritage. Le Gang du Serpent repéra vite le novice et lui fit sans attendre les sommations habituelles. Tommy refusa de payer. Il eût été mieux inspiré d'y réfléchir à deux fois. Les méthodes du Serpent étaient alors connues de tous les parieurs. Mais Tommy était obstiné et fit très précisément savoir au Serpent où il pouvait se rendre. En conséquence de quoi, au moment où il quittait le champ de courses, le pauvre garçon fut soigneusement rossé par les hommes du Serpent et son capital ainsi que les bénéfices de la journée confisqués sans autre forme de procès. Or il se trouve que ce jour-là, Simon Templar avait choisi d'assister aux courses de Brighton. De l'endroit éloigné où il se tenait, rien de cette triste scène ne lui avait échappé.

Ganning, accompagné de ses meilleurs hommes, passa la soirée en ville à célébrer son forfait avant de regagner Londres par le dernier train. Tout comme Simon Templar, lequel se retrouva sur le quai quelques minutes avant le départ du train. Après avoir repéré le Serpent et ses trois acolytes confortablement installés dans les sièges rembourrés d'un wagon de première classe, il s'empressa de les rejoindre.

L'image qu'offrait le Saint, il faut le préciser, justifiait pleinement les regards de convoitise impatiente qu'échangèrent le Serpent et ses trois sbires au moment où l'homme pénétra dans leur compartiment. Dans ce qu'il appelait son « équipement de combat » – un misérable pantalon de flanelle grise et un antique veston pare-balles de tweed usé –, le Saint était encore si élégant qu'on aurait pardonné au plus stupide des portiers de le prendre pour un milliardaire. Il faut imaginer le spectacle radieux qu'il pouvait offrir dans ce qu'il appelait négligemment son « costume de gentleman ».

Son habit de flanelle sombre lui seyait avec une perfection renversante. La blancheur de sa chemise était éblouissante et sa cravate, une insulte au plus lumineux des arcs-en-ciel. Son feutre faisait de toute évidence sa première sortie depuis son départ de Bond Street. Tout comme ses gants de chamois qui semblaient pour la première fois exposés aux regards du monde extérieur. Une montre en or ornait son poignet gauche et le pommeau de sa précieuse canne d'ébène était du même métal.

L'ensemble, le lecteur l'aura compris, était de la plus fine qualité et porté avec cet air d'élégance rare et insouciante que tous auraient voulu atteindre mais que seul le Saint était capable d'élever à son comble...

Les sbires du Serpent n'avaient jamais eu l'occasion de douter de leur réputation de « coriacité », fondée sur des exemples aussi substantiels que la démonstration de leurs talents au jeu du furet au club les samedis après-midi. L'homme était grand – un mètre quatre-vingt-sept en tout et pour tout –, mais ils n'y prêtèrent pas une attention excessive. Leurs hauteurs combinées atteignaient sept mètres quarante. Sans être impressionnante, sa stature était large et ses épaules conféraient à l'ensemble de sa silhouette une impression de puissance qui aurait incité n'importe quel homme circonspect à la plus grande prudence avant d'engager les hostilités – mais ce détail ne perturba pas davantage le Serpent et ses hommes. Dans leur plus grande largeur, ils totalisaient un peu plus de deux mètres. Le Saint avait enfin le teint clair et légèrement hâlé et les yeux d'un bleu remarquablement limpide – ce dernier détail laissa encore une fois les hommes du Gang totalement indifférents. Ils n'étaient de toute manière pas là pour un concours de beauté.

Non, ce qui retint leur attention fut l'étui à cigarettes en or massif du voyageur et l'épaisse liasse de billets qu'il avait sortie de son gilet. D'un air tout à fait innocent, le Saint entreprit de les recompter sous leurs yeux, annonça un montant d'un peu plus de deux cent cinquante livres et les invita à le féliciter de sa chance. Ils le félicitèrent, poliment, puis firent une remarque sur la lenteur du train. Le Saint s'accorda avec eux pour juger le voyage ennuyeux. Il regretta que la compagnie des chemins de fer n'ait pas installé de divertissements pour amuser les passagers durant ces fastidieux voyages. Quelqu'un sortit alors un jeu de cartes...

Les hommes du Serpent, il faut le mettre à leur crédit, supposaient que sa grand-mère avait mis ce blanc-bec en garde contre les dangers du bonneteau. On choisit le poker. Le Saint les prévint en s'excusant qu'il n'avait jamais joué qu'une fois à ce jeu, à quoi ils répondirent aimablement que ça n'avait aucune espèce d'importance.

La bagarre commença précisément cinq minutes avant l'entrée du train en gare de Victoria et les porteurs qui aidèrent le Serpent et ses acolytes à descendre de leur compartiment ne furent pas remerciés de leur secours. Ils apportèrent aux garçons un seau d'eau pour ranimer le Serpent lui-même mais ne purent rien pour ses yeux au beurre noir et sa défunte incisive.

L'inspecteur Teal, embusqué sur le quai dans l'espoir de saisir un filou désespérément recherché par les hommes de son service, aperçut les combattants blessés sans manifester la moindre marque de compassion.

– On dirait que tu t'es fait retaper, le Serpent, fit-il gaiement en approchant de la bande.

La réponse de Ganning ne peut être imprimée mais M. Teal n'était pas homme à se laisser aisément troubler.

– Je peux vous le décrire, poursuivit le Serpent en retrouvant un langage moins blasphématoire. Vol caractérisé avec coups et blessures, voilà de quoi il s'agit. Il nous a dérouillés...

– Dépouillés, le corrigea Teal en transférant son chewing-gum de l'autre côté de sa mâchoire.

– Agressés avant de déguerpir avec les trois cents billets que nous avons faits aujourd'hui...

Teal parut tout à coup s'intéresser à son interlocuteur.

– Faits ? s'enquit-il non sans ironie. Où ça ? Vous avez une presse ou vous les avez fabriqués à la main ? Je ne savais pas que tu t'étais lancé dans la fausse monnaie, Serpent.

– Ecoutez, Teal, répliqua Ganning en retrouvant quelque peu sa cohérence. Vous pouvez dire ce que vous voulez à mon sujet mais j'ai des droits, les mêmes que n'importe qui. Vous devez poursuivre ce type.

Vous avez peut-être déjà des renseignements sur lui. Il est sur un coup ou en train d'en préparer un. Prenez mon témoignage. Et puis, regardez ça !

D'un œil apathique, M. Teal examina l'enveloppe que lui tendait le Serpent.

– Qu'est-ce que c'est ? demanda-t-il. Une lettre d'introduction qui m'est destinée ?

– Il l'a donnée à Ted avant de s'enfuir. « C'est mon reçu », qu'il a dit. Hein, Ted ? Allez-y, Teal, regardez vous-même !

L'enveloppe n'était pas fermée. Teal la retourna et nota sur le rabat l'écusson de l'hôtel d'où elle provenait. Puis, avec l'indolence qui le caractérisait, il en sortit le contenu, une unique feuille de papier.

– Un portrait d'Epstein[1], commenta-t-il d'une voix traînante. C'est un joli dessin mais qui ne signifie rien d'autre que ça. Vous avez lu trop de romans policiers dernièrement, les gars, voilà votre problème.

2

Le Saint, un homme aux goûts décidément dispendieux, louait un appartement sur Brook Street, dans le quartier de Mayfair, tellement au-dessus de ses moyens qu'il avait depuis longtemps cessé de s'inquiéter de l'imminence de sa ruine. Certains se faisaient bien pendre pour un quignon de pain, se disait-il avec son heureuse insouciance, ou pour un œuf pourri. Il

1. Sir Jacob Epstein, sculpteur anglais (1880-1959). *(N.d.T.)*

estimait que ses contemporains lui devaient certains privilèges, en reconnaissance des services rendus et, plus généralement, de sa présentation et de l'excellente compagnie qu'était la sienne. Etant donné que, jusqu'à présent, ils s'étaient montrés particulièrement peu enclins à reconnaître et à assumer leurs obligations, le Saint avait décidé que le temps était venu pour lui de s'imposer. Et son invasion de Brook Street avait constitué l'un des premiers mouvements de son offensive.

L'endroit offrait cependant un avantage particulier qui n'avait rien à voir avec le prestige de l'adresse. Cet avantage consistait dans la présence d'une ruelle, minuscule et privée, située à moins d'un jet de petite pierre de la porte principale de l'appartement du Saint. Dans cette ruelle se trouvaient un certain nombre de garages très coûteux, grands, petits ou de la taille d'une Austin Seven. Le Saint possédait deux des plus grands. Dans l'un, il entreposait son propre véhicule. L'autre était resté vide une semaine, jusqu'à ce qu'il entreprenne un trafic d'objets saugrenus aux petites heures de la nuit – objets que seule une imagination délirante eût été capable d'associer au monde de l'automobile.

Si le Saint avait été surpris durant l'un de ses voyages clandestins, sa santé mentale n'aurait pas manqué d'être mise en doute. Cela ne l'eût cependant pas perturbé. Car son apparente excentricité avait ses raisons. Quoi qu'il en soit, personne ne remarqua ses allées et venues et il n'y eut aucun commentaire.

D'ailleurs, même s'il avait été découvert, il est peu probable qu'on l'eût reconnu. C'est un Saint parfaitement immaculé qui quittait Brook Street, se dirigeait vers Chelsea et garait sa voiture près de Fulham Road. Là, et par un subtil changement d'équipage, ce n'était plus un Saint-vraiment-immaculé qui traversait un labyrinthe de ruelles sordides jusqu'à une maison dans laquelle un certain Bertie Marks, oiseau de passage, occupait un appartement microscopique et mal aéré. Mais c'était enfin un Bertie Marks minable, avachi et réellement miteux qui sortait de son appartement et retournait dans le West End par les moyens de la plèbe – le bus interurbain – chargé des paquets dont il avait fait l'emplette en chemin, et qui pénétrait d'un pas traînant et discret dans l'impasse de Brook Street puis dans le garage qu'il louait à son nom. Le Saint ne croyait pas devoir prendre le risque de mépriser inutilement les détails.

Tous ces préparatifs minutieux – la location d'un second garage, l'appartement de Chelsea et la création du personnage de Bertie Marks – n'avaient été montés que dans un seul but, qui ne tarderait pas désormais à être exécuté.

Quelques heures après l'aube ce jour-là (une heure impossible pour le Saint), une petite camionnette arborant le nom de « Carter Paterson tourna » dans l'impasse où elle s'immobilisa. Bertie Marks descendit du siège du conducteur, essuya ses mains crasseuses sur son pantalon de velours côtelé avant de sortir une clé avec laquelle il ouvrit la porte de son garage. Il retourna à sa camionnette, la fit entrer et referma les portes derrière lui.

Il se doutait que ses agissements devaient avoir perturbé la parade des chauffeurs occupés à laver leurs voitures dans l'impasse et son arrivée excité leur curiosité, mais il s'en moquait. Avec l'achèvement de son plan, l'existence de Bertie Marks toucherait vite à sa fin.

– Qu'ils s'interrogent ! s'exclama le Saint avec insouciance en ôtant sa veste crasseuse.

Il alluma la lumière et se dirigea vers la porte pour jeter un coup d'œil à l'extérieur. La parade des laveurs de voitures s'était remise au labeur et se trouvait apparemment trop occupée pour s'inquiéter de l'étrange phénomène que constituait l'arrivée d'une camionnette « Carter Paterson » dans un garage qui avait un temps accueilli une Rolls.

Le Saint glissa doucement une barre en travers de la porte – pour tenir à l'écart les explorateurs indésirables – et se mit au travail.

La camionnette, une fois ouverte, révéla un certain nombre de grandes caisses de bois que le Saint entreprit de décharger sur le sol. Cela fait, il alla chercher dans un coin du garage un maillet et un ciseau à bois à l'aide desquels il entreprit d'ouvrir les caisses pour les vider de leur contenu. Dans chacune d'elles, protégés par des copeaux de bois, se trouvaient deux douzaines de pots chinois.

A chaque caisse vidée, le Saint transportait les pots à la lumière où il les examinait minutieusement. Il ne fut absolument pas surpris de découvrir, alors que la majorité d'entre eux étaient parfaitement unis, que ceux d'une caisse entière étaient marqués d'une minuscule croix incrustée dans l'émail. Ces pots, auxquels seuls s'intéressait le Saint, furent mis de côté. Ils étaient exactement ce qu'il s'attendait à trouver et c'était pour eux qu'il s'était temporairement abaissé à endosser la personnalité douteuse de Bertie Marks. Il replaça les autres pots dans leurs caisses respectives, les referma soigneusement et renoua leurs cordages de manière qu'elles ressemblent exactement à ce qu'elles étaient avant qu'il ne s'en occupe.

Il ouvrit ensuite les pots marqués et transvasa leur contenu dans un seau. Dans un autre coin de la pièce se trouvait une pile de petites boîtes métalliques. Le Saint en déposa une dans chaque pot et combla l'espace vide avec du coton pour éviter les chocs. Les pots ainsi traités furent replacés dans la dernière caisse qui fut à son tour clouée et ficelée comme avant – enfin, après que le Saint, un petit sourire malicieux au coin des lèvres, eut laissé un souvenir de son intervention au-dessus de la dernière couche de copeaux.

Il avait travaillé vite. Une heure et demie seulement s'était écoulée entre le moment où il était entré dans le garage et celui où il plaçait la dernière caisse dans la camionnette. Lorsque tout fut terminé, il ôta la barre qui bloquait les portes et les ouvrit largement.

Ce qui restait de l'assemblée des laveurs de voitures leva des yeux ahuris sur la camionnette qui sortait du garage. Les regards se chargèrent d'une perplexité plus grande encore quand elle s'engagea dans l'impasse et disparut dans la direction de Bond Street. L'assemblée hurla au chauffeur qu'il avait oublié de fermer les portes de son garage derrière lui, mais M. Marks n'entendit pas ou ne voulut pas entendre. Lorsque l'assemblée réalisa que M. Marks était parti pour de bon, elle s'avança vers le garage pour y jeter un œil et se gratta la tête devant les copeaux qui jonchaient le sol, le maillet et le ciseau à bois, les clous et le marteau ainsi que les deux ou trois boîtes en fer-blanc que le Saint n'avait pu caser et qu'il avait en conséquence laissées derrière lui. Mais le seau de poudre blanche avait disparu, accompagnant M. Marks sur le siège avant de sa camionnette, M. Marks que très peu de gens reverraient jamais d'ailleurs.

La camionnette se dirigea vers une adresse du West End où M. Marks déposa les caisses et signa un reçu. Puis il repartit vers l'ouest. En chemin, il s'arrêta à l'hôpital Saint George où il déposa son seau entre les mains d'un homme qui le reçut avec étonnement. Mais M. Marks était pressé et n'avait ni le temps ni la moindre intention d'éclairer sa lanterne.

– Prenez-en grand soin, lui recommanda-t-il. Cela vaut plus d'argent que vous n'en aurez jamais. Transmettez-le à l'un des médecins avec ce petit mot.

Sur ce, le Saint reprit le volant et s'éloigna avec l'agréable sentiment d'achever une excellente journée de travail.

Il emprunta Great West Road et sortit de Londres par Maidenhead. Quelque part sur cette route, il bifurqua sur un chemin de traverse où il s'arrêta quelques instants à l'écart du trafic. Dans la camionnette restait un grand pot de peinture dont le Saint fit un usage énergique. Il ne s'était jamais pris pour un artiste mais il s'occupa de son véhicule avec le geste large et la touche précise d'un véritable maître. Sous ses vigoureux coups de pinceau, l'enseigne de « Carter Paterson », qu'il avait eu quelque difficulté à exécuter de façon artistique la nuit précédente, disparut entièrement et la camionnette retrouva une apparence intacte. Satisfait de la disparition d'un travail dont il avait tiré tant de fierté quelques heures plus tôt, le Saint reprit le volant et retourna à Londres. La peinture qu'il avait employée garantissait un séchage rapide et elle tint ses promesses. Sur le trajet de retour, le véhicule ramassa une quantité impressionnante de poussière et prit en séchant un aspect quelque peu crasseux qui imitait à s'y méprendre l'état dans lequel M. Marks l'avait reçu la veille.

Il le laissa au garage de Shepherd Bush d'où il provenait et régla vingt-quatre heures de location. Un peu plus tard, M. Marks retournait à Chelsea tandis que Simon Templar pénétrait dans un autre garage et récupérait sa Furillac, un bolide bleu parfaitement entretenu qui le conduisit gracieusement jusqu'à son club privé sur Dover Street. Le Simon Templar qui s'approcha d'un pas tranquille et dégagé du bar pour commander une pinte de bière glacée était sans aucun doute l'un des jeunes hommes les plus impeccables que ce repaire de jeunes hommes impeccables avait jamais abrités.

– On vous voit rarement aussi tôt, sir, remarqua le barman.

– Et il faudra attendre des années avant de me revoir à pareille heure, lui répondit pieusement le Saint. Mais ce matin, j'ai éprouvé le besoin de me lever tôt et de faire une petite promenade. C'était une si belle matinée.

3

M. Edgar Hayn était un homme remarquable sous de nombreux aspects. Il était le fier propriétaire du *Danny's* – un night-club d'une rue sordide près de Shaftesbury Avenue – et contrôlait également la destinée de l'entreprise Laserre, une petite mais très luxueuse boutique sur Regent Street qui vendait des parfums mais aussi des poudres, des rouges, des crèmes ainsi que toutes sortes de préparations essentielles au bon entretien des visages féminins modernes. Ces deux établissements étaient les chouchous très particuliers de M. Hayn. Il en tirait en effet la part la plus importante de ses revenus conséquents. Il faut cependant préciser que les profits du *Danny's* ne provenaient pas exclusivement de la vente de champagne, pas plus d'ailleurs que le replâtrage des beautés à la mode n'était la source principale de prospérité de la maison Laserre. M. Hayn était un organisateur hors pair et ce qu'il ignorait sur l'art de couvrir ses arrières était compensé par son ingéniosité à camoufler ce que contenaient réellement certains des microscopiques pots d'albâtre à deux guinées dans lesquels il vendait la célèbre crème Laserre.

C'était un homme gros, aux traits lourds, rasé de près, à la peau rose et au crâne légèrement dégarni. Son nom n'avait pas toujours été Hayn mais une demande de naturalisation suivie d'un changement de nom lui avait donné le droit indiscutable d'oublier celui de son père et – puisque nous avons l'occasion de le préciser – avait éliminé à jamais la désagréable menace d'un arrêté d'expulsion. Voyons là un geste de prudence, signe de la sagacité dont M. Hayn s'était plus d'une fois félicité. La police savait certaines choses à son sujet qui l'incitaient à le considérer avec une certaine défaveur. Elle en suspectait de nombreuses autres, sans jamais cependant avoir pu réunir aucune preuve.

Hayn était accoudé au large secrétaire de son bureau personnel du *Danny's*, absorbé dans sa correspondance, lorsque Ganning arriva. Le coup frappé à la cloison ne lui fit pas lever les yeux.

– Entrez ! fit-il.

Le bruit de la porte s'ouvrant et se fermant lui suffit pour comprendre que son invitation était suivie d'effet. Sans se troubler, il continua de recopier le brouillon de sa lettre.

Ce ne fut que lorsqu'il eut terminé qu'il condescendit à remarquer la présence de son visiteur.

– Tu es en retard, Serpent, fit-il en passant soigneusement le buvard sur la feuille.

– Désolé, boss.

M. Hayn revissa le bouchon de son stylo plume, le remit dans sa poche et leva les yeux de son bureau pour la première fois. Ce qu'il vit le força à s'adosser de stupeur.

– A qui as-tu été chercher des noises ? demanda-t-il.

Le Serpent était salement amoché. Un bandage autour de sa tête lui couvrait un œil et le globe qui restait visible était presque fermé. Ses lèvres étaient tuméfiées et l'absence évidente d'une dent l'obligeait à zézayer douloureusement.

– Des gars de la bande à Harrigan ? suggéra Hayn.

Ganning secoua la tête.

– Un type rencontré dans le train en revenant de Brighton hier soir.

– Tu étais seul ?

– Non. Ted et Bill m'accompagnaient. Et Mario.

– Et cet homme était à la tête de quoi, d'un régiment ?

– Il était seul.

Hayn cligna des yeux.

– Comment ça s'est passé ?

– Il avait tout d'un bleu, expliqua le Serpent avec dégoût. Un costume élégant, un étui à cigarettes en or, une canne à pommeau d'or, une montre en or – et une liasse de billets. Il nous l'a étalée sous le nez. Deux cent cinquante, qu'il a dit. On ne pouvait pas les laisser filer. Alors on lui a proposé une partie de cartes. Poker. Il a dit qu'il ne savait pas y jouer. Ça semblait sûr – il avait l'air d'une vraie poire. On le menait comme on voulait encore dix minutes avant l'arrivée à Victoria. On l'avait laissé gagner cinquante livres. Il se prenait déjà pour le meilleur joueur de poker du monde, il fallait voir ça. On lui a demandé d'être chic et de nous laisser une chance de nous refaire en deux tours avec une mise d'entrée à cinq livres. Il a dit O.K. et on lui a laissé gagner la première partie. On a tous quitté la partie après la première surenchère. « Pourquoi ne pas mettre la mise à dix livres pour la dernière », j'ai proposé, avec un clin d'œil discret aux autres. Il n'était pas très chaud mais on l'avait embobiné depuis le début et il a fini par céder. C'était son tour mais j'ai battu les cartes à sa place.

– Et alors, t'as perdu la main ?

Ganning poussa un grognement de colère.

– Rien du tout ! J'ai fait exactement ce qu'il fallait.

Je connais ce truc mieux que n'importe quel illusionniste. Je me suis distribué un flush d'entrée, exactement comme prévu. Mario a balancé ses cartes et Ted et Bill ont laissé tomber après le premier tour. Il ne restait que moi et la Poire. On a monté les enchères jusqu'à ce que le moindre penny du compartiment soit sur la table. On a été jusqu'à jouer nos boutons de manchettes et l'épingle à cravate en diamant de Mario pour obtenir la liasse de la Poire. Quand il ne lui est plus resté un seul haricot à miser, il a demandé à voir. J'ai abattu mon flush. J'allais ramasser le paquet quand il m'a arrêté. « Il me semble vous avoir entendu dire que ceci était pratiquement imbattable », qu'il a fait en montrant cinq rois.

– Cinq ? répéta M. Hayn en fronçant les sourcils.

– On jouait les deux libres avec un joker. Il avait le joker.

– Mais tu n'étais pas censé connaître sa main ?

– Ça n'était pas celle que je lui avais donnée.

M. Hayn se contrôla.

– Alors tu t'es emporté et tu as eu le dessous ?

– Je l'ai accusé de tricher. Il n'a pas nié. Il a même eu le culot d'ajouter : « Vous étiez censé m'apprendre à jouer. Je vous ai vu tricher tout le temps, j'en ai donc déduit que cela faisait partie des règles ! » Et il a commencé à ramasser la mise. Bien sûr que nous nous sommes emportés !

– Et il s'est emporté plus que vous ? suggéra M. Hayn.

– Il ne s'est pas battu à la loyale. Il a commencé par balancer un coup de canne dans le cou de Ted avant qu'il ait le temps de sortir sa matraque. Ted s'est trouvé hors combat. Bill était prêt à un affrontement loyal face à face et au poing américain mais le type l'a frappé à l'estomac et il est resté au tapis. On a dû s'y prendre seuls, Mario et moi.

Le Serpent semblait peu enclin à poursuivre le récit de l'affrontement et Hayn, plein de tact, se retint de le presser. Il lui accorda quelques instants pour ruminer ses souvenirs.

– Ça n'était pas un amateur, reprit enfin Ganning, mais aucun de nous n'a pu l'identifier. Je donnerais cher pour savoir qui c'est. Il fait sans doute partie d'un de ces gangs volants dont on a entendu parler. J'en suis sûr. Il était rencardé. Regardez ça, ajouta le Serpent en produisant l'enveloppe. Il l'a lancée à Ted en partant. « Son reçu », qu'il a dit. J'ai essayé d'en charger Teal, il était à la gare, mais il n'a pas pris l'affaire au sérieux.

Hayn glissa la feuille de papier hors de son enveloppe et l'étala sur son bureau. Il n'avait probablement pas saisi la portée de la description de Ganning car le message produisit sur lui un effet prodigieux.

Si Ganning avait été déçu par l'impassibilité de l'inspecteur Teal devant le reçu du Saint, il fut largement récompensé par la réaction de M. Edgar Hayn. Le visage rose de Hayn vira subitement au blanc crayeux tandis qu'il s'éloignait du papier étalé sur le buvard devant lui comme s'il avait craché du poison.

– Qu'est-ce que ça veut dire, chef ? s'enquit Ganning, dérouté.

– Nous avons reçu un arrivage d'Allemagne ce matin, expliqua Hayn dans un souffle. Quand Braddon a ouvert les caisses, il a trouvé le même dessin sur le dessus. Impossible de comprendre comment il est arrivé là.

– Vous avez vérifié la marchandise ? demanda le Serpent, aussitôt en alerte.

Hayn secoua la tête. Il fixait toujours, comme hypnotisé, le morceau de papier.

– Non. Il n'y a jamais eu de coup fourré jusqu'à présent. Pour Braddon, les hommes qui ont préparé l'envoi ont voulu faire une plaisanterie. On a simplement mis de côté les pots marqués, à l'endroit habituel.

– Vous ne les avez pas touchés ?

Hayn fit un geste négatif. Il tendit une main tremblante vers le téléphone tandis que Ganning s'asseyait en méditant sur les alarmantes possibilités que soulevait cette information.

– Allô... Regent 9-0-0-4-7... S'il vous plaît.

Hayn attendit nerveusement qu'on lui passe son appel, ce qui se produisit après ce qui lui parut une éternité.

– Allô ? C'est toi, Braddon ?... J'aimerais que tu sortes les pots marqués venant de la caisse avec la feuille – tu te souviens ?... Peu importe pourquoi !

Une minute s'écoula pendant laquelle Hayn, l'écouteur collé à son oreille, martelait impatiemment son bureau.

– Oui ?... Qu'est-ce que c'est ?... Comment le sais-tu ?... Je vois. Très bien, j'arrive !

Hayn raccrocha et fit tourner son siège pivotant vers le Serpent.

– Qu'est-ce qu'il a dit ? interrogea Ganning.

– Qu'il y a une boîte de talc Keating dans chaque pot, répondit Hayn. Je lui ai demandé comment il pouvait savoir de quoi il s'agissait et il m'a dit que toute la boîte était là, avec l'étiquette et tout, emballée dans du coton pour éviter les chocs. Il y avait pour dix mille livres de neige dans cette livraison et ce type a soufflé le paquet !

4

– Tu devrais nous servir une bière, fiston, fit Simon Templar en s'étirant dans son fauteuil. Tu pourras ensuite me raconter l'histoire de ta vie. J'ai... disons, deux minutes à t'accorder.

Jerry Stannard se dirigea docilement vers une petite table où se trouvaient déjà des verres et des bouteilles. Il accomplit sa tâche d'une main experte et revint sur ses pas avec le résultat de ses efforts.

– A la tienne ! s'exclama Simon, et les deux verres débordant de mousse furent à moitié vidés dans un silence appréciateur.

Stannard fut alors encouragé à se lancer. Il reposa son verre avec un soupir et s'installa à son aise tandis que le Saint tendait le bras vers une boîte de cigarettes.

– Je ne comprends toujours pas pourquoi vous vous intéressez à moi, commença Stannard.

– C'est mon affaire, répliqua le Saint, catégorique. Mais puisqu'il en est question, dis-toi, fiston, que je n'ai rien d'une institution philanthropique. Il se trouve que je cherche un assistant et je me propose de te prendre à mon service. Tu en tireras quelques avantages, naturellement. Tu m'intéresses suffisamment pour que je veuille te venir en aide mais tu paieras ta part.

Stannard acquiesça.

– C'est gentil à vous de croire que j'en vaux la peine, fit-il.

Il n'avait pas oublié – comment oublier un tel événement en deux jours ? – les circonstances de sa première rencontre avec le Saint. Stannard avait été chargé d'un petit paquet qu'on lui avait dit de livrer à une adresse de Piccadilly. Bien qu'on ne lui eût rien dit du contenu de ce paquet, il n'avait pu s'empêcher de le deviner. Par conséquent, lorsqu'une lourde main s'était brusquement abattue sur son épaule quelques minutes après qu'il eut quitté M. Hayn, il ne s'était fait aucune illusion...

Et le miracle s'était produit. Bien que Jerry n'ait pas, sur le coup, compris qu'il s'agissait effectivement d'un miracle. Un homme l'avait bousculé pendant que l'agent de police hélait un taxi et l'homme s'était retourné pour lui présenter ses excuses. Dans cet instant décisif, toutes les facultés de Stannard s'étaient concentrées pour aboutir à cette supersensitivité caractéristique des moments extrêmes. Cette acuité hors du commun s'était combinée au regard singulièrement pénétrant qui accompagnait les excuses de l'inconnu, de sorte que les traits de son visage s'étaient gravés de façon indélébile dans la mémoire de Stannard...

Le Saint sortit un petit paquet de sa poche et le soupesa pensivement dans sa main.

– Il y a quarante-huit heures, murmura-t-il, tu étais convaincu – à juste titre – qu'on allait t'enfermer pour cinq ans. Mais aujourd'hui, tu es un homme libre. Les glorieux limiers de Vine Street n'ont rien trouvé sur toi et ils ont dû te relâcher avec leurs plus plates excuses. Ils ont très probablement déjà juré de réparer cette bévue et de te faire plonger la prochaine fois avec la marchandise, mais pour l'instant, cela ne doit pas te préoccuper. Et je comprends, quoi de plus naturel, que tu te demandes quel sera mon prix pour avoir soulagé ta poche juste à temps.

– Je n'ai pas cessé de me le demander, acquiesça Stannard.

– Je vais te le dire, répliqua le Saint, mais débarrassons-nous d'abord de ça.

Il quitta la pièce avec le paquet et, à travers la porte entrouverte, Stannard perçut un bruit d'eau courante. Templar revint quelques instants plus tard en s'époussetant les mains.

– Voilà qui règle la question des preuves, fit-il. Maintenant, je veux que tu me dises quelque chose. Comment es-tu entré dans ce trafic de drogue ?

Stannard haussa les épaules.

– Autant que vous le sachiez. Il n'y a aucune raison héroïque ni intelligente. C'est simplement parce que je suis un bon à rien. Je fréquentais déjà les vauriens à Cambridge et je connaissais la plupart des voyous de Londres. Et puis mon père est mort sans rien me laisser. J'ai essayé de trouver un travail mais je ne sais rien faire d'utile. Et durant tout ce temps, bien sûr, je traînais avec les mêmes sales types. Ils ont fini par m'enrôler. J'imagine que j'aurais dû lutter mais je n'avais pas les tripes. C'était de l'argent facile et je l'ai pris. C'est tout.

Il y eut un bref silence que le Saint mit à profit pour envoyer quelques jolis ronds de fumée au plafond.

– Maintenant, laisse-moi te dire quelque chose, mon garçon, déclara-t-il enfin. J'ai fait toutes les enquêtes dont j'avais besoin à ton sujet. Je connais l'histoire de ta famille depuis deux générations, ton enfance, tes résultats scolaires, tout. J'en sais assez pour affirmer que tu n'appartiens pas au milieu où tu te trouves en ce moment. Ah ! encore une chose, j'ai aussi appris que tu es fiancé à une charmante jeune fille et qu'elle se fait beaucoup de souci pour toi. Elle ne sait rien mais elle a des doutes. Et tu t'inquiètes. Tu n'es pas aussi tranquille et à ton aise dans cette histoire que tu aimerais le faire croire. Tu n'as pas l'étoffe d'un malfrat. Je me trompe ?

– C'est vrai, admit franchement Stannard. Je donnerais n'importe quoi pour m'en sortir.

– Et es-tu sérieux avec cette fille, Gwen Chandler ?

– Comme un pape. Vrai, Templar. Mais que puis-je faire ? Si je laisse tomber la bande de Hayn, je me retrouve sans le sou. D'ailleurs, je ne suis pas sûr qu'ils me laissent partir. Je leur dois de l'argent. Quand j'étais à Cambridge, j'ai perdu une petite fortune – selon mes critères – dans les tripots de Hayn. Je lui ai signé une reconnaissance de dette pour près d'un millier de livres. J'étais un vrai panier percé, j'ai laissé des dettes partout. Vous ne pouvez pas imaginer à quel point je suis nul aux cartes !

– Au contraire, fiston, répondit tranquillement le Saint, j'en ai même une idée assez précise. C'est pour ça que tu es là. Il me fallait un espion dans le gang de Hayn et j'ai passé tous ses hommes en revue avant de te choisir.

Templar quitta son fauteuil et fit quelques pas dans

la pièce. Stannard attendit patiemment. Le Saint s'arrêta bientôt.

– Tu fais l'affaire, déclara-t-il brusquement.

– Ce qui veut dire ?

– Ce qui veut dire que je te fais confiance. Tu vas m'aider dans cette campagne. Je vais te tirer de là et te permettre de régler tes dettes. Quand tout sera terminé, je te trouverai un travail. Tu restes en bons termes avec Hayn mais tu travailles pour moi. En échange, tu me donnes ta parole d'honneur de vivre honnêtement jusqu'à la fin de ton existence. Voilà mon offre. Qu'en penses-tu ?

Le Saint s'accouda avec désinvolture au manteau de la cheminée mais il n'y avait rien de nonchalant dans ses paroles aussi incisives que tranchantes.

En y repensant par la suite, il semblait à Stannard que l'entretien n'avait duré que quelques minutes. Et il était émerveillé devant l'extraordinaire force morale de la personnalité qui, en si peu de temps, avait méprisé les préjugés de nombreuses années de vie dissolue et rallumé l'étincelle d'un honneur aussi moribond. Mais en cet instant précis, Stannard était incapable d'analyser ses sentiments.

– Je te donne une chance de t'en sortir et de devenir honnête, poursuivait le Saint. Je n'agis pas à la légère. Je te crois quand tu affirmes être heureux de pouvoir faire un nouveau départ. Je pense que tu as l'étoffe d'un homme honnête. Quoi qu'il en soit, je prends le risque. Je ne vais même pas t'effrayer, bien que je le pourrais, en te racontant à quoi tu t'exposes s'il te vient l'envie de me trahir. Je te fais une proposition loyale, j'attends ta réponse.

Stannard se leva.

– Il n'y a qu'une réponse, fit-il, et il lui tendit spontanément la main.

Le Saint la serra fermement.

– Maintenant, je vais t'expliquer exactement ta mission.

Ce qu'il fit en phrases aussi courtes que précédemment bien que sa première sévérité se fût quelque peu adoucie. Quand le Saint faisait quelque chose, il ne le faisait jamais à moitié et il s'adressait désormais à Stannard comme à un ami et allié. Il tirait sa récompense de l'attention zélée avec laquelle le jeune homme suivait son exposé. Il lui confia tout ce qu'il avait besoin de savoir.

– Tu dois penser à tout et au reste si tu veux sortir indemne de cette aventure, conclut Simon en retrouvant de sa première sévérité. Le jeu dans lequel je me suis lancé n'est pas de ceux qui se jouent au jardin d'enfants. Je l'ai choisi parce que je n'étais pas heureux. J'ai eu assez d'aventures pour remplir une douzaine de volumes mais plutôt que de me satisfaire, elles n'ont fait que m'ouvrir davantage l'appétit. Si je devais mener une existence ordinaire, tranquille et protégée, j'en mourrais d'ennui. Le danger est mon pain quotidien. Tu es peut-être différent. Si c'est le cas, j'en suis désolé mais je ne peux rien pour toi. J'ai besoin d'aide dans cette affaire et c'est toi qui vas me l'apporter. Mais il ne serait pas juste de t'impliquer sans te dire à quoi tu t'exposes. Tes petits camarades ne sont pas des enfants de chœur. Et avant que tout soit fini, Londres va devenir pour toi aussi sûre que les îles Cannibales pour un missionnaire rebondi. Compris ?

Stannard signifia d'un mouvement de tête qu'il avait saisi.

– Alors je vais te donner tes premières instructions, fit le Saint.

Ce qu'il fit, en détail, lui répétant deux fois ses ordres avant d'être convaincu qu'il n'y aurait pas d'erreur et que rien ne serait oublié.

– A partir de maintenant, ne m'approche pas sans que je t'aie fait signe, acheva-t-il. Si le Serpent est dans les parages, je ne ferai pas long feu au *Danny's* et il est indispensable que tu restes hors de tout soupçon le plus longtemps possible. Cela sera donc notre dernière rencontre au grand jour pour quelque temps mais tu peux me joindre par téléphone – si tu es absolument certain de ne pas être entendu.

– Compris, l'assura Stannard.

Simon Templar envoya d'un geste plein d'adresse une cigarette à ses lèvres et tendit la main vers les allumettes.

Jerry éprouvait un étrange, bien que passager, sentiment d'irréalité. Il lui paraissait incroyable d'être associé à un projet tel que celui que le Saint venait de lui décrire. Il lui paraissait tout aussi incroyable que le Saint l'eût conçu et mis à exécution. Ce jeune homme décontracté, désinvolte dans ses vêtements impeccables, avec son discours précis qui ne dédaignait pourtant pas l'argot et son sourire rapide et lumineux aurait dû traîner ses manières affables et dégagées sur les courts de tennis, dans les parties de cricket, aux cocktails et aux soirées mondaines au lieu de...

Et pourtant, il restait parfaitement crédible. Il devenait même, à chaque seconde qui passait, un article plus vif de la foi renaissante de Stannard. Le charme du Saint était unique. L'assurance tranquille de son maintien, quelque chose de hardi, un certain éclat métallique qui traversait parfois ses yeux bleus, un air indéfinissable de puissance et de témérité et une bravade exaltée rendaient à la fois toute cette incroyable situation acceptable. Et Stannard n'avait même pas l'avantage de connaître quoi que ce fût des huit dernières années de la carrière extrêmement mouvementée du Saint – huit années de flibuste allègre qui, même en omettant les exagérations, avaient fait de lui un homme d'une ténacité et d'une force hors du commun...

Le Saint alluma sa cigarette et leva la main pour mettre un terme à la discussion. Ses lèvres s'étiraient sur son irrésistible sourire.

– A bientôt, fiston, fit-il. Et bonne chasse !

– Vous de même, répliqua Stannard avec chaleur.

Le Saint lui donna une tape vigoureuse sur l'épaule.

– Je sais que tu ne me laisseras pas tomber, fit-il. Tu as beaucoup de qualités et j'en ai découvert quelques-unes. Tu t'en sortiras bien. Je vais m'en assurer. Tu verras !

Mais avant de partir, Stannard avait une dernière question :

– Vous n'avez pas dit que vous étiez cinq ?

Les mains dans ses poches, se balançant légèrement sur ses talons, le Saint gratifia Stannard de son sourire le plus séraphique.

– C'est vrai, concéda-t-il d'une voix traînante. Quatre petits Saints et leur gentil papa. Je suis leur Saint-Esprit. Et disons que les quatre autres sont comme le grand yeti blanc et tout poilu des plaines d'Astrakhan.

Stannard le contemplait bouche bée.

– Qu'est-ce que ça veut dire ?

– Je te le demande, cher enfant, répliqua le Saint en arborant un exaspérant sourire vertueux. Quelqu'un a-t-il jamais vu le grand yeti blanc et tout poilu des plaines d'Astrakhan ? Réfléchis-y au moment de te mettre au lit, mon cher ange, et ton esprit restera à l'abri des pensées impures.

5

Officiellement, le propriétaire et responsable du night-club de Soho de M. Edgar Hayn était l'homme duquel il tirait son nom – Danny Trask.

Danny, court et trapu, était un petit homme nonchalant au visage rond et rougeaud, au crâne clairsemé de cheveux blonds, arborant une petite moustache tirant sur le roux. Ses yeux pâles étaient noyés dans les plis profonds de paupières charnues. Quand il souriait – ce qui était fréquent, et la plupart du temps sans raison particulière –, ils disparaissaient entièrement dans un amas de rides épais et chiffonneux.

Son intelligence n'était pas des plus développées. Il avait néanmoins découvert assez tôt dans l'existence que le rôle d'homme de paille n'était pas sans agréments – c'était un travail qui ne réclamait aucun don intellectuel alarmant – et Danny en avait fait sa vocation. Comme homme de paille, il représentait tout ce qu'on pouvait désirer. Il était discret et peu exigeant. Il avait la mentalité du milieu de bandits dans lequel il évoluait. Du moment que son salaire – qui n'était pas mesquin – lui était régulièrement versé, il ne se plaignait jamais, ne manifestait jamais l'ambition de concurrencer son employeur sur un terrain de partage des profits plus équitable et, si les choses tournaient mal, tenait sa langue et remplaçait son chef dans l'une des prisons de Sa Majesté sans un murmure. Les honoraires de Danny pour un emprisonnement atteignaient le taux invariable de dix livres la semaine avec un supplément de deux livres par semaine pour « complications ». L'habileté des hommes du département des enquêtes criminelles et l'insouciance d'un ou deux de ses précédents employeurs avaient fait de cet arrangement un accord profitable pour Danny.

Il se voyait généralement prenant sa retraite et finissant sa vie dans un certain luxe – lorsque ses économies auraient atteint un niveau suffisamment important. Mais cet espoir avait dernièrement subi plusieurs revers. Il était au service de M. Hayn depuis quatre ans et l'adresse mystérieuse de son patron à éviter les attentions soutenues de la police était devenue la bête noire de Danny Trask. Quand Danny n'était pas en représentation auprès des services judiciaires de Sa Majesté, le plus qu'il pouvait exiger était un malheureux salaire de sept livres par semaine duquel – et non de la poche du gouvernement – il devait déduire ses frais généraux. Sur ce point particulier, Danny nourrissait un grief personnel à l'encontre de M. Hayn.

Le club ouvrait théoriquement ses portes à dix-huit heures. La nourriture y étant mauvaise, la plupart des membres préféraient dîner ailleurs. Les premiers clients se manifestaient donc d'ordinaire aux alentours de vingt-deux heures mais les choses sérieuses ne commençaient jamais avant onze heures. Entre l'ouverture de la boîte et le début des festivités, Danny passait son temps assis en bras de chemise dans sa petite cabine à l'entrée, à sucer une infecte vieille pipe de bruyère en s'efforçant de sélectionner les perdants des courses du lendemain dans un journal du soir. Il était incapable d'éprouver le moindre ennui – son cerveau n'avait jamais atteint le niveau de développement qui lui eût permis de faire la distinction entre les notions d'activité et d'inertie. Il n'avait jamais été très vif, aussi ne faisait-il aucune différence entre les deux.

Il était plongé dans cette agréable occupation aux alentours de huit heures un certain soir lorsque Jerry Stannard se présenta.

– M. Hayn est-il déjà arrivé, Danny ?

Danny écrivit au crayon le nombre de livres, laborieusement calculé, que Wilco remporterait sur Man of Kent à Lingfield Plate le lendemain, plia son journal et releva les yeux.

– Il n'est pas dans ses habitudes d'arriver aussi tôt, monsieur Stannard, commença-t-il d'abord. Non, il n'est pas encore là.

Danny se débrouillait toujours, dans ses propos, pour mettre la charrue avant les bœufs. Pour la description vivante d'une scène d'agonie, il aurait inévitablement commencé par le récit des funérailles.

– Tant mieux, nous avons rendez-vous, expliqua Stannard. Lorsqu'il sera là, dites-lui que je suis au bar.

Sa nervosité était évidente. Tout en parlant, le jeune homme ne cessait de jouer avec sa chevalière et Danny, au regard sagace duquel peu de choses échappaient, remarqua que sa cravate pendait tout de travers, comme si elle avait subi, lors de son ajustement, l'assaut maladroit de doigts fébriles.

– Très bien, monsieur.

De toute manière, ça n'était pas les affaires de Danny.

– Oh et avant que j'oublie...

– Monsieur ?

– Un certain M. Templar arrivera plus tard. Laissez-le entrer et envoyez-le-moi, je me porte garant pour lui.

– Très bien, monsieur.

Danny retourna à l'étude de son bulletin hippique tandis que Stannard pénétrait dans la salle.

Il traversa le salon qui occupait le rez-de-chaussée et descendit l'escalier du fond. En face de cet escalier, derrière un rideau opportun, se trouvait une porte secrète, dotée d'un mécanisme électrique contrôlé par un bouton situé sur le bureau de Hayn. Cette porte, lorsqu'elle s'ouvrait, révélait une volée de marches s'élevant vers les hauteurs. Ces marches conduisaient à l'étage supérieur, aux pièces constituant l'un des aspects les plus lucratifs du club. On y jouait en effet chaque soir et sans limites de plafond au chemin de fer et au trente-et-quarante.

Le bureau de Hayn se trouvait au pied du premier escalier. Il avait personnellement dirigé l'installation d'un ingénieux système de miroirs au moyen desquels, avec le concours d'une grande vitre teintée ajoutée au mur du fond de son bureau, sans quitter son siège, il pouvait observer tous ceux qui désiraient monter à l'étage. Mais ça n'était pas tout. Lorsque la porte dérobée s'ouvrait en réponse à la pression de son doigt sur le bouton de contrôle, un autre système de miroirs lui garantissait une vue imprenable sur la cage d'escalier entière et l'entrée des salles de jeu. M. Hayn était un homme à l'esprit retors et d'une extrême prudence.

En dehors du bureau, au sous-sol, se trouvait une piste de danse entourée de tables où seuls deux couples étaient occupés à dîner. D'un côté de la pièce se trouvait l'estrade où jouait l'orchestre et de l'autre, sous l'escalier, un bar minuscule.

Stannard s'y dirigea et tira le barman en veste blanche de sa lecture de *La Vie parisienne*.

– Je ne sais pas ce qui fera l'affaire, fit-il, mais il me faut quelque chose capable de réveiller un mort.

L'homme l'observa un moment d'un œil averti puis se plongea dans la composition du remède exigé. Le résultat ne manquait pas de vertus. Stannard en faisait encore l'expérience lorsque Hayn arriva.

Le gros homme semblait pâle et fatigué, ses yeux étaient cernés. Il adressa un bref signe de tête à Jerry.

– Je suis à toi dans une minute, lança-t-il. Le temps de faire un brin de toilette.

Cette retenue n'était pas dans les habitudes de M. Hayn, ordinairement amateur de salutations bruyantes et familières, et Stannard le regarda s'éloigner d'un air songeur.

Braddon, resté à l'écart, suivit Hayn dans son bureau.

– Qui est ce type ? demanda-t-il en prenant un siège.

– Stannard ?

Hayn parcourait rapidement le courrier qui l'attendait sur son bureau.

– Un jeune imbécile quelconque. Il a perdu huit cents livres là-haut en deux mois. Dieu seul sait combien il doit ailleurs. Il a perdu un paquet avant que je commence à lui prêter de l'argent.

Braddon fouilla ses poches à la recherche d'un cigare, finit par en trouver un, coupa le bout d'un coup de dents et cracha les débris par terre.

– Il a des espérances ? Un riche papa pour régler ses dettes ?

– Non. Mais il a de l'allure et il passerait n'importe où. Je l'ai utilisé.

– Au passé ?

Hayn, les sourcils froncés, examinait le cachet de la poste d'une de ses lettres.

– J'aurai sans doute encore besoin de lui, répondit-il. Ecoute, ne m'ennuie pas – l'autre loustic amateur d'art m'a assez exaspéré comme ça. Stannard a une fiancée. Il n'y a pas longtemps que je l'ai rencontrée. Elle me plaît.

– Elle a des... arguments ?

– J'ai prévu quelque chose pour elle.

Hayn avait ouvert l'enveloppe avec son pouce mais il ne jeta qu'un regard à son contenu. Il jeta l'enveloppe à Braddon et ce fut au directeur de Laserre d'en sortir le croquis désormais familier.

– J'en ai reçu un chez moi au premier courrier du matin, expliqua Hayn. Ce petit jeu est aussi vieux que le monde. S'il croit que ça me fait quelque chose !

– Ça n'est pas le cas ? demanda Braddon avec son cynisme écrasant habituel.

– Certainement pas ! riposta Hayn férocement. J'ai envoyé le Serpent et les hommes qui étaient avec lui rôder dans le West End juste pour ouvrir l'œil et dénicher le type qui les a tabassés dans le train de Brighton. S'il est à Londres, il ne pourra pas se cacher indéfiniment. Quand Ganning l'aura retrouvé, on lui rendra la monnaie de sa pièce !

Puis il se reprit.

– Je dîne avec Stannard. Qu'est-ce que tu fais maintenant ?

– Je vais faire un tour, manger un morceau et revenir plus tard, fit Braddon. Je pensais jeter un œil là-haut.

Hayn acquiesça. Il raccompagna Braddon et refermasoigneusement la porte de son bureau derrière eux. Braddon lui-même n'avait pas la permission de rester seul dans son sanctuaire. Celui-ci parti, Hayn rejoignit Stannard au bar.

– Désolé de t'avoir fait attendre, mon petit, s'excusa-t-il en faisant un effort pour retrouver sa prétendue bienveillance.

– J'ai trouvé de quoi m'occuper, répondit Stannard en désignant une rangée de verres vides. Vous en voulez une goutte ?

Hayn accepta et Stannard regarda sa montre.

– Ah ! tant que j'y suis, fit-il, il y a un type qui devrait arriver d'ici une heure. Je l'ai rencontré l'autre jour. Il a l'air régulier. Il m'a raconté qu'il était sud-africain et qu'il reprenait le bateau après-demain. Il se plaignait de n'avoir pas vraiment trouvé de quoi s'amuser en Angleterre, alors je lui ai touché un mot d'un club de jeu privé où je pourrais le faire entrer et il a sauté sur l'occasion. J'ai pensé que ça pouvait être intéressant – il quitte l'Angleterre si vite qu'il pourra difficilement réagir. Je lui ai dit de nous rejoindre pour le café. J'ai bien fait ?

– Parfaitement raisonné, mon petit.

Une crainte frappa soudain M. Hayn.

– Tu es sûr qu'il ne s'agit pas d'un de ces petits flics qui se croient malins ?

– Oh, pas de danger ! railla Stannard. Je sais reconnaître un poulet quand j'en vois un maintenant. J'en ai vu assez rôder par ici. Et ce type semble avoir pas mal d'argent à jeter par les fenêtres.

Hayn acquiesça.

– J'avais l'intention de te proposer un arrangement pendant le dîner, expliqua-t-il. Cet oiseau sera ton premier job, sur commission. Si tu es prêt, nous pouvons y aller.

Stannard se leva et ils se dirigèrent vers une des tables dressées pour le dîner.

Hayn était préoccupé. Si d'autres problèmes n'avaient pas mijoté dans son cerveau échauffé, il aurait sans doute remarqué la nervosité mal dissimulée de Stannard et se serait interrogé sur la cause d'une telle agitation. Mais il ne remarqua rien d'inhabituel dans les manières du jeune homme.

Tandis qu'ils attendaient leurs pamplemousses, il lui posa quelques questions de pure forme.

– Quel est le nom de ce Sud-Africain ?

– Templar, répondit Jerry. Simon Templar.

Ce nom ne signifiait absolument rien pour M. Hayn.

6

Hayn fit sa proposition au cours du dîner – une commission de vingt pour cent sur les affaires que le jeune homme lui apporterait. Stannard hésita légèrement avant d'accepter.

– Ne sois pas si scrupuleux, argumenta Hayn, je sais que ça n'est pas exactement légal mais quel intérêt de couper les cheveux en quatre, hein ? Les courses de chevaux ne sont qu'un jeu de hasard. Il y aura toujours des imbéciles pour vouloir s'enrichir sans travailler. Je ne vois pas pourquoi nous n'en profiterions pas. Rassure-toi, même si quelques-uns de mes hommes finiraient vite en taule si la police mettait la main sur eux, tu n'auras rien à faire qui risque de te conduire en prison. Crois-moi, c'est sans danger. Les jeux sont parfaitement réguliers. Nous gagnons uniquement parce que les lois de probabilité favorisent la banque.

Ça n'était pas l'exacte vérité – d'autres facteurs influençaient la déveine qui attendait les joueurs à l'étage –, mais M. Hayn ne se sentait pas enclin à souligner ce fait mesquin.

– Très bien, je marche avec vous, décida Stannard. De toute manière, je savais que ça finirait par arriver. Je me doutais bien que vous ne me faisiez pas crédit uniquement pour me voir jouer les potiches là-haut et faire des petits boulots minables de temps à autre.

– Mon cher ami...

– L'amitié n'a rien à voir là-dedans. Je sais que vous attendez plus de moi que mes services pour appâter des crétins là-haut. Vous n'allez pas me faire croire que vous n'êtes pas au courant de mon arrestation de l'autre jour.

Hayn se caressait le menton.

– J'allais te féliciter, mon garçon. La façon dont tu t'es débarrassé de cette dose de poudre...

– Ce qui compte, c'est que je m'en sois débarrassé, le coupa brièvement Stannard. Et si j'en avais été incapable, je serais en détention préventive à la prison de Brixton à l'heure qu'il est. Je ne me plains pas. J'imagine que je dois gagner mes galons. Mais ça n'était pas régulier de votre part de me laisser dans le noir.

– Tu savais...

– J'ai deviné. C'est bon, j'ai cessé de râler. Mais à partir de maintenant, si vous m'affranchissez, je veux être dans le coup pour de bon. Je suis des vôtres et vous n'aurez plus besoin de m'embrouiller. Qu'en dites-vous ?

– Très bien, répliqua M. Hayn. Puisque tu tiens à dire les choses aussi crûment. Mais tu n'as pas besoin d'avoir de scrupule à propos de la drogue. Si les gens tiennent à s'abrutir, de cette façon ou d'une autre, c'est leur problème. Notre règle consiste simplement à refuser d'ergoter sur ce qui est légal ou non. Après tout, l'alcool est vendu en toute légalité dans ce pays et personne ne s'en prend aux patrons de pub si leurs clients se soûlent tous les soirs et s'ils meurent de delirium tremens devant leur porte.

Stannard haussa les épaules.

– Je suis mal placé pour en discuter, s'excusa-t-il en songeant à ce qu'il avait déjà bu. Combien en tirerai-je ?

– Je te l'ai dit : vingt pour cent.

– C'est-à-dire ?

– Beaucoup, le rassura Hayn. Nous jouons plus gros ici que n'importe où à Londres et il n'y a pas vraiment de concurrence sur le marché de la drogue. Tu toucheras facilement soixante-dix livres par semaine.

– Alors il faut que vous fassiez quelque chose pour moi, monsieur Hayn. J'ai pas mal de dettes à l'extérieur. Il me faut trois mille livres net d'avance. Pour rembourser tout le monde et me constituer un petit paquet.

– Trois mille livres représentent beaucoup d'argent, observa judicieusement M. Hayn. Tu m'en dois déjà presque mille.

– Si vous estimez que je ne les vaux pas...

M. Hayn ne fut pas long à réfléchir. Savoir prendre des décisions rapides était la clé de sa réussite et peu lui importait le prix s'il savait que le jeu en valait la chandelle. Il n'avait aucune crainte que Stannard le double. Entre autres fonctions, le *Danny's* était le quartier général du gang du Serpent. Etant donné ses fréquentes visites et la perspicacité dont il avait fait preuve, Stannard ne pouvait ignorer la réputation du gang. Il devait également savoir que ces hommes étaient le bras vengeur et redoutable que Hayn ne manquait pas d'abattre sur les traîtres quand les circonstances l'exigeaient. Ce qui s'était déjà produit. Non, il n'y avait aucun risque que Stannard se hasardât à le doubler.

– Je te ferai un chèque ce soir, déclara-t-il.

Stannard témoigna sa reconnaissance avec effusion.

– Vous n'y perdrez pas, l'assura-t-il. Templar est un pari, je vous l'accorde, je ne l'ai rencontré qu'une seule fois. Mais je connais des tas d'autres gens qui roulent sur l'or, des gens que je fréquente depuis longtemps et dont je réponds absolument...

Il poursuivit sur sa lancée mais Hayn, soucieux, ne l'écoutait que d'une oreille distraite. Il devait détourner la conversation sur un autre sujet. Ce qu'il fit à la première occasion.

Sous le prétexte d'un intérêt tout paternel dans les affaires de son nouvel agent, il le pressa de questions sur sa vie privée et ses loisirs. La plupart des informations qu'il obtint étaient défraîchies – il avait depuis longtemps pris la précaution de découvrir tout ce qu'il y avait à savoir sur cet homme –, mais cette nouvelle enquête permettait à M. Hayn de mettre la fiancée de Stannard au centre de ses recherches sans éveiller sa méfiance. Il s'y prenait de façon si intelligente et subtile qu'après une demi-heure de cet interrogatoire discret, Hayn avait appris tout ce qu'il voulait savoir de la vie et des habitudes de Gwen Chandler.

– Crois-tu pouvoir l'inviter à dîner ici jeudi soir ? suggéra-t-il. La seule fois que je l'ai vue, si tu te rappelles, il me semble que tu l'avais largement prévenue contre moi. Il faut à présent y remédier.

– Je verrai ce que je peux faire, répondit Stannard.

Après ça, la partie étant gagnée, Hayn n'avait plus de raison de diriger la conversation et ils discutèrent de façon décousue jusqu'à l'arrivée de Simon Templar.

Le Saint, après avoir pesé les mérites respectifs d'un smoking ou d'un costume ordinaire pour convenir à ce jour mémorable, avait opté pour un compromis et portait une simple veste de soirée. Mais il la portait, ainsi qu'il fallait s'y attendre, avec l'élégance consommée d'un ambassadeur en visite officielle arborant ses plus beaux atours.

– Salut, Jerry, cher trésor ! s'exclama-t-il en saluant Stannard avec allégresse.

Puis il remarqua M. Hayn et se tourna vers lui, la main tendue.

– Vous devez être l'oncle Ambroise, fit-il en le saluant cordialement. Ravi de faire votre connaissance... C'est exact, n'est-ce pas, Jerry ? C'est l'oncle qui est mort en laissant toute sa fortune à l'association de soutien aux chats déshérités ?... Désolé de vous voir en si bonne forme, oncle Ambroise, vieille mangouste !

M. Hayn semblait quelque peu déconcerté. L'homme ne portait pas l'habit à la manière traditionnellement associée aux colons africains mal dégrossis pleins aux as. Et si son discours était typique de ces hommes robustes et taciturnes des grands espaces vierges, M. Hayn en déduisit que la culture de Piccadilly avait dû rayonner plus loin dans l'Empire britannique que Cecil Rhodes[1] ne l'avait jamais espéré dans ses rêves les plus fous. M. Hayn n'avait jamais entendu parler de Rhodes – pour lui, Rhodes était une île où l'on élevait des poulets rouges – mais s'il avait eu connaissance de son existence, il aurait raisonnablement exprimé sa surprise de cette façon-là.

Quoi qu'il en soit, il se tourna vers Jerry Stannard les sourcils dressés et Stannard se tapa le front et leva son verre d'une manière significative.

1. Homme d'affaires et homme d'Etat britannique d'Afrique du Sud (1853-1902), Cecil Rhodes rêvait d'une colonie britannique dominant tout le pays et d'une fédération anglo-américaine régissant un empire mondial. *(N.d.T.)*

– Alors, il paraît qu'on va voir un vrai tripot d'enfer ! s'exclama le Saint en prenant une chaise. N'est-ce pas magnifique ? Buvons quelques verres à cette promesse !

Il commanda des alcools qu'il régla en puisant dans une énorme liasse de billets qu'il avait tirée de sa poche. Les sourcils de M. Hayn se dressèrent à cette vue et il estima que l'excentricité de ce Templar avait quelques excuses. Il se pencha en avant et s'apprêta à se laisser séduire.

Le Saint, toutefois, avait d'autres vues sur la façon de mener la conversation et au premier silence opportun, il laissa échapper une remarque montrant qu'il n'avait porté aucune attention à ce qui s'était passé jusqu'à présent.

– J'ai acheté un livre sur les tours de cartes, fit-il. J'ai pensé que ça m'aiderait à débusquer les tricheurs. Mais le meilleur passage, c'est le chapitre sur la lecture de l'avenir dans les cartes. Prenez-en une que je vous raconte vos péchés.

Il sortit un paquet de sa poche et le poussa sur la table devant Hayn.

– A vous l'honneur, oncle Ambroise, engagea-t-il. Mais veillez en piochant à ce que vos pensées soient pures sinon vous risquez d'influencer les cartes en votre défaveur. Chantonnez un vers de votre cantique favori par exemple.

M. Hayn ne connaissait aucun cantique mais il s'exécuta avec bonhomie. Si cet excentrique avait autant d'argent qu'il en avait l'air, et peut-être plus, il pouvait bien se plier à ses fantaisies.

– Regardez-moi ça, n'est-ce pas merveilleux ! s'exclama le Saint en retournant la carte que Hayn avait choisie. Jerry, mon petit chou, votre oncle Ambroise a tiré l'as de cœur. Ce qui signifie générosité princière. Nous boirons un autre verre à votre santé, oncle Ambroise, pour vous montrer combien nous apprécions. Garçon !... Trois brandys, s'il vous plaît. C'est Face de rat – je veux dire oncle Ambroise – qui régale... Oncle Ambroise, vous devez tenter votre chance encore une fois !

Simon Templar étudia la seconde carte de Hayn jusqu'à l'arrivée des boissons. Ses épaules tressautèrent manifestement à plusieurs reprises. M. Hayn attribua ce geste à un hoquet récalcitrant, ce en quoi il se trompait gravement. Mais le Saint relevait les yeux.

– Y a-t-il une tante du côté de votre mère, demanda-t-il solennellement, qui a jamais souffert d'une crise de foie après avoir ingurgité des saucisses préparées par un charcutier allemand et dotée d'un orteil en marteau ainsi que de trois enfants épileptiques ?

Hayn secoua la tête, les yeux grands ouverts.

– Je n'ai pas de tante, déclara-t-il.

– Quel dommage, soupira le Saint, comme si cette cruelle absence de tante dans l'entourage de M. Hayn l'affectait profondément. Ce fichu bouquin raconte n'importe quoi. Tant pis. Cela ne doit pas gâcher notre plaisir.

Il repoussa le paquet de cartes, incontestablement furieux de cette déconvenue.

– Vous n'allez pas nous en dire plus ? demanda Stannard avec un clin d'œil à l'adresse de Hayn.

– Oncle Ambroise risque de rougir si je poursuis, protesta Templar. J'ai déjà fait une bourde. Mais si vous insistez, j'essaierai une autre carte.

Hayn prêta de nouveau son concours obligeant avec un sourire poli. Il commençait à s'habituer. Pour se mettre dans les petits papiers de M. Templar, il suffisait visiblement de ne pas contrarier ses penchants irrépressibles.

– J'espère seulement que ça n'est pas le cinq de carreau, précisa le Saint avec le plus grand sérieux. Chaque fois que je me livre à ce truc de divination, je suis terrifié à l'idée que quelqu'un tire le cinq de carreau. Vous comprenez, je suis tenu de dire la vérité et la vérité, dans ce cas, est affreusement difficile à dire surtout quand la personne en question est presque un étranger. Parce que, selon mon livre, un homme qui tire le cinq de carreau est susceptible à n'importe quel moment d'envoyer une donation anonyme de dix mille livres aux hôpitaux de Londres. Mais en plus, les cartes lui portent malheur, c'est une abominable fripouille et il a un visage d'une laideur repoussante.

Hayn, le même sourire cloué sur les lèvres, regarda sa carte.

– Le cinq de carreau, monsieur Templar, remarqua-t-il d'une voix douce.

– Non... Pas possible ? s'exclama le Saint avec l'étonnement le plus angélique. Eh bien, eh bien, eh bien... Nous y voici, Jerry – je vous avais prévenu que je risquais de mettre votre oncle dans l'embarras. Je viens de faire une autre gaffe. Parlons d'autre chose, vite, avant qu'il ne s'en rende compte. Oncle Ambroise, dites-moi, avez-vous déjà vu un hot dog combattre un martinet ?... Non ?... Aucune importance. Battez les cartes, je vais vous montrer un tour de passe-passe.

Encore une fois, M. Hayn se soumit obligeamment,

quoique avec un peu de raideur, battit et coupa le jeu puis le tendit au Saint qui distribua rapidement cinq cartes qu'il déposa face contre table.

C'était la première occasion offerte à M. Hayn de glisser un mot dans la conversation et il se sentit contraint de rectifier un détail.

– Je crois que vous vous faites des idées, monsieur Templar, intervint-il. Je ne suis pas l'oncle de Jerry mais un de ses amis. Je m'appelle Hayn, Edgar Hayn.

– Pourquoi ? demanda le Saint innocemment.

– Il se trouve que c'est le nom dont on m'a baptisé, monsieur Templar, répliqua Hayn avec quelque impatience.

– Pas possible ! s'exclama le Saint d'une voix lente et pleine d'ironie. Encore désolé !

Hayn fronça les sourcils. Il y avait quelque chose de singulièrement exaspérant dans l'attitude de cet homme. Quelque chose qui, en plus de jouer avec les limites déjà éprouvées de son sang-froid, lui envoyait d'étranges et désagréables frissons le long de la colonne vertébrale.

– Je suis désolé que cela vous ennuie, lâcha-t-il d'un ton cassant.

Simon Templar le contempla avec insistance.

– Cela me contrarie en effet, expliqua-t-il enfin, parce que, comme je vous le disais, je ne fais jamais d'erreur et je déteste me tromper. Les registres de Somerset House m'ont appris que votre nom n'a pas toujours été celui-là, que vous n'avez même jamais été baptisé Edgar Hayn. Et, voyez-vous, il se trouve que j'ai la faiblesse de les croire.

Hayn ne dit rien. Immobile sur sa chaise, il sentait un picotement d'appréhension ramper à la base de son crâne. Les clairs yeux bleus du Saint étaient rivés sur son visage.

– Si je me trompe à ce sujet, poursuivit le Saint d'une voix douce, j'ai pu me tromper sur beaucoup d'autres choses. Et cela m'ennuierait profondément parce que je n'aime pas perdre mon temps. J'ai passé plusieurs jours à chercher le moyen de vous rencontrer dans le seul but d'avoir cette petite discussion – il était temps que notre relation devienne un peu plus intime – et j'aurais le cœur brisé d'apprendre que tout cela était en vain. Ne me dites pas, Edgar, mon très cher, ne me dites pas que je n'avais aucune utilité à découvrir que le cher petit Jerry était de vos amis. Ne me dites pas que j'aurais dû m'épargner toutes les difficultés que j'ai eues à faire la connaissance dudit Jerry dans le seul but de provoquer cette rencontre informelle. Je vous en prie, mon cher cœur, ne me le dites pas !

Hayn s'humecta les lèvres. Il luttait contre un sentiment de panique irraisonné. Seuls, la voix posée du Saint et ses yeux moqueurs le tenaient cloué à son fauteuil.

– Ne me dites pas, surtout, que vous n'appréciez pas le petit tour de passe-passe que je suis venu tout spécialement vous montrer, ajouta le Saint plus doucement que jamais.

Il tendit brusquement la main et arracha les cartes des doigts nerveux de Hayn. Hayn avait deviné ce qu'il allait découvrir bien avant que Simon, d'un geste plein d'emphase, ne les retournât sur la table.

– Ne me dites pas que vous n'êtes pas heureux de voir nos cartes de visite, personnellement présentées ! s'exclama Simon de sa voix la plus séraphique.

Un sourire éclatant éclairait son visage et une étincelle de provocation audacieuse dansait dans ses prunelles tandis qu'il contemplait le visage décomposé d'Edgar Hayn au-dessus de cinq échantillons particulièrement soignés du signe du Saint.

7

– Et si tout cela n'est qu'élucubration, poursuivit le Saint, de ce curieux ton de velours où se mêlaient néanmoins de petites pointes acérées de menace, si tout n'est que boulettes et crottes de bique, l'histoire que j'ai l'intention de vous raconter ne devrait pas faire naître l'ombre d'un sourire sur vos adorables lèvres. C'est ma toute dernière. Elle concerne un opportuniste dépravé dénommé Hayn, né dans une sinistre grange un jour de pluie. Ce qu'il avait avec acharnement cherché à cacher durant toute son existence fut découvert à sa mort : son cerveau n'était qu'une éponge entièrement couverte de moisissures.

Il contempla un instant son auditoire.

– Cette histoire a été applaudie partout où je l'ai racontée depuis que je l'ai inventée et elle sera une de mes plus amères déceptions si elle ne vous plaît pas, mon cœur !

Le fauteuil de Hayn se renversa avec fracas tandis qu'il se dressait sur ses pieds. C'était un sentiment passablement étrange mais maintenant que l'affront était consommé et que le premier choc était passé, le poids qui pesait sur lui semblait s'être allégé et il se sentait plus capable à affronter la menace.

– Alors c'est vous le jeune insolent que nous cherchons ! lança-t-il avec aigreur.

Simon leva la main.

– On m'appelle le Saint, murmura-t-il. Mais ne tombons pas dans la tragédie, fiston. Le dernier à avoir fait un drame avec moi a été pendu à Exeter il y a six mois. Ça n'a pas l'air très sain !

Hayn jeta un regard autour de lui. Les dîneurs étaient partis et personne n'était venu les remplacer. Mais le vacarme de son fauteuil avait tiré trois serveurs de leur torpeur. Ils jetaient à présent des regards incertains dans leur direction. Ce qui ne sembla pas perturber le Saint, négligemment adossé à son siège, les mains dans les poches, une expression bénigne sur le visage.

– Je suppose que vous savez que la police vous recherche, grinça Hayn.

– Non, je n'étais pas au courant, répondit le Saint. C'est intéressant. Et pour quel motif ?

– Vous avez rencontré des voyageurs dans le train de Brighton avec lesquels vous avez joué au poker. Vous avez voulu les escroquer et quand ils vous ont démasqué, vous les avez agressés et avez piqué leur argent. Je pense que ça suffira à vous mettre au frais pour un moment.

– Et qui va m'identifier ?

– Les quatre hommes en question.

– Vous m'étonnez, fit Simon d'une voix désinvolte. Je crois me souvenir que ce même jour, juste devant le champ de courses de Brighton, ces mêmes quatre incapables étaient impliqués dans le passage à tabac d'un pauvre petit idiot de bookmaker boiteux du nom de Tommy Mitre dans le but de *lui* piquer son argent. Il n'y avait aucun policier alentour – ils s'en étaient finement assurés – et ceux qui ont assisté à la scène seront suffisamment intimidés par le Serpent pour accepter de témoigner contre eux. Mais votre serviteur ainsi que d'autres âmes généreuses n'ont rien perdu de la fête. Nous étions assez loin et le temps que nous arrivions sur les lieux, le Serpent et ses hommes avaient plié bagage mais nous les avons tous identifiés – ainsi que quelques autres qui ne s'y trouvaient pas – et nous n'aurons aucun scrupule à aller au box des témoins et à raconter notre petite histoire. Non, mon cher, je ne crois pas qu'il faille mêler la police à cette affaire. Elle restera dans les annales comme une petite querelle privée entre le Serpent et moi. Envoyez une de vos charmantes beautés chercher un flic et dénoncez-moi si vous y tenez mais ne vous plaignez pas si Ganning et ses hommes viennent vous demander des comptes. Connaissant leur réputation, j'ai tendance à dire qu'ils prendront la chose aussi bien que leurs six mois de travaux forcés et qu'ils ne vous en seront pas franchement reconnaissants. Enfin, faites comme vous voulez.

L'argument était valable et Hayn ne fut pas long à le comprendre. Même s'il ne disposait, pour l'instant, d'aucune réplique, il commença à se calmer. Le Saint l'avait écrasé et le tenait sous sa botte mais il ne voyait pas pour autant où il voulait en venir ni son intérêt dans cette affaire. C'était un vaste coup de bluff, finit par se dire Hayn, et il avait assez de présence d'esprit pour comprendre qu'il ne lui servirait absolument à rien de se fiche en rogne pour ça. En fait – tel était le résultat euphorisant de savoir enfin qui était son ennemi –, Hayn considéra vite que le Saint pouvait perdre beaucoup avec cette petite fanfaronnade.

Il était clair que le Saint ne voulait pas mêler la police à cette affaire. Que le Saint sache des choses sur Hayn et ses activités qui auraient grandement intéressé les services de Sa Majesté n'avait même aucune importance. Le Saint servait ses propres intérêts et la police n'était pas conviée à intervenir. Parfait. Hayn était d'accord. Il n'avait plus qu'à attendre son heure et ne pas perdre son sang-froid. Mais il aurait préféré que le Saint n'affichât pas cet air moqueur et sûr de lui, comme s'il possédait des cartes encore plus fortes dans sa manche et qu'il était prêt à les abattre à tout moment. Cela gâchait tout à fait le bonheur de Hayn. Le Saint se comportait comme un idiot et pourtant, d'une manière subtilement déconcertante, il se débrouillait pour le faire avec l'air condescendant du clown qui réprime un formidable sérieux dans le seul but d'amuser les enfants.

Hayn redressa son siège et s'assit lentement. Les serveurs en alerte se détendirent. C'étaient des durs, choisis pour leurs carrures plus que pour la propreté de leurs ongles ou leur adresse à manier les plats et les assiettes. Tandis que Hayn s'installait, sa main droite passa derrière son fauteuil – il tournait le dos aux serveurs – et fit un certain signe avec les doigts. Un des serveurs s'effaça discrètement.

– Alors, que proposez-vous ? demanda Hayn.

– De vous quitter, répondit le Saint avec bienveillance. Je sais que vous ne pouvez rien contre votre physique répugnant, mais en ce qui me concerne, je l'ai assez supporté pour la soirée. J'ai fait ce que j'étais venu faire. Je peux à présent partir, persuadé de vous laisser aux affres d'un angoissant questionnement sur la nature de ma prochaine intervention. A une autre fois, j'espère, mon tout beau...

Le Saint se leva et se dirigea tranquillement vers l'escalier. Le temps qu'il l'atteigne, cinq hommes l'attendaient au bas des marches. Ils ne montraient aucune intention de le laisser passer.

– Nous serions désolés de vous perdre si vite, monsieur Templar, fit Hayn dans son dos.

Le Saint ralentit puis s'arrêta. Il glissa les mains dans ses poches et, un sourire béat aux lèvres, contempla un instant le quintette de serveurs réuni devant lui. Puis il fit volte-face.

– De qui s'agit-il ? s'enquit-il aimablement. De la garde d'honneur ou du chœur des beautés du cabaret ?

– Je crois que vous devriez vous rasseoir, monsieur Templar, suggéra Hayn.

– Et moi, je ne le crois pas, répliqua le Saint.

Il revint rapidement vers la table – si vite que Hayn se dressa instinctivement sur son siège – tandis que les cinq hommes lui emboîtaient le pas. Mais le Saint ne passa pas immédiatement à l'attaque. Il s'arrêta devant Hayn, les mains toujours dans ses poches et, bien que cet exaspérant petit sourire dansât encore sur ses lèvres, son port de tête laissait entrevoir quelque chose de beaucoup plus menaçant.

– J'ai dit que je te quittais et c'est précisément ce que je vais faire, murmura-t-il avec une douceur qui offrait un contraste saisissant avec la tension émanant de tout son corps. Je suis venu pour ça, mon poulet, pour te quitter. Et pour te faire, disons, une petite démonstration de supériorité. Si tu crois pouvoir m'en empêcher, regarde bien ! Je vais te prouver que rien ne peut m'arrêter quand j'ai décidé de partir. Compris, mon mignon ?

– C'est ce qu'on va voir, répondit Hayn.

Le sourire du Saint se fit, si c'était possible, encore plus séraphique. Ce sourire et la concentration détendue qui l'accompagnait excédaient Edgar Hayn au plus haut point. Il savait que le discours du Saint n'était que bravade – il savait qu'il n'avait pas les moyens de réagir –, il savait que les chances étaient toutes contre une répétition de la déconfiture de la combine de Ganning. Mais il n'arrivait pourtant pas à se sentir à l'aise. Il se dégageait de la nonchalance du Saint une énergie vibrante, quelque chose qui rappelait à Hayn des fils électriques, une mèche, un morceau de plastique, des ressorts métalliques compressés et des explosifs puissants...

– Dans quelques minutes, annonça le Saint, je vais te faire une petite démonstration du genre de tohubohu capable de réduire ta bande de truands de troisième ordre à deux sous de chair à saucisse. Mais avant que je n'entreprenne leur passage à tabac, j'aimerais te dire ceci – que tu pourras transmettre à tes camarades. Prêt ?

Hayn étendit les mains.

– Alors j'y vais, enchaîna le Saint. Voilà. Nous autres Saints, sommes d'ordinaire des âmes pacifiques et bienveillantes envers les humains. Mais nous n'aimons pas les escrocs, les parasites, marchands de vices, pourvoyeurs de damnation et autres vermines ou excroissances du même type – telles que toi. Nous allons vous débusquer, vous traquer, vous ratatiner et vous pulvériser et débarrasser l'Europe de votre présence. Nous nous fichons des lois et agissons exactement comme il nous plaît, nous infligeons les châtiments qui nous paraissent les plus adaptés à la vermine que nous pourchassons et personne ne nous échappera. Ganning a été blessé mais tu persistes à ne pas me croire. Tu es pourtant le prochain sur la liste, Hayn, et quand j'en aurai fini avec toi, ton exemple servira de leçon à tous les autres. Et ça ne s'arrêtera pas là. C'est tout ce que j'ai à dire pour l'instant. Quand je serai parti, tu pourras répandre la bonne nouvelle. Maintenant, je te laisse !

Il se pencha brusquement, saisit le fauteuil de Hayn par le pied et le tira vers l'arrière d'un coup sec. Tandis que Hayn tentait d'éviter la chute, le Saint lui décocha sans la moindre douceur un violent coup de pied au visage et renversa la table sur lui.

Les cinq redoutables serveurs s'élancèrent en un mouvement d'ensemble remarquable. Simon tendit le bras vers le siège le plus proche, le souleva à deux mètres du sol, le fit tournoyer au-dessus de lui d'un geste vigoureux et l'envoya finalement dans la pièce avec la puissance d'un taureau en pleine charge. Il s'écrasa sur les genoux et les tibias du premier assaillant avec une force à lui broyer les os et l'homme s'écroula sur le sol avec un gémissement étouffé.

Il en restait quatre.

Avant que le suivant ait eu le temps de fondre sur lui, le Saint avait un autre fauteuil en main. Le serveur leva le bras pour se protéger la tête et tenta un plongeon pour un corps à corps. Mais le Saint recula et, inversant brusquement le mouvement du fauteuil, franchit la garde de son agresseur sans aucune difficulté et le meuble s'écrasa de façon meurtrière sur ses côtes.

Trois...

Le suivant se précipita avec ardeur sur un gauche fatal qui l'envoya promener à quatre mètres. Les deux autres hésitèrent mais le Saint ne leur laissa pas le temps de se retourner. Il bondit sur le plus proche et lui assena une série de coups de poing bien sentis sur le plexus solaire.

Comme le voyou s'écroulait sous la violence de l'assaut, son sixième sens alerta le Saint.

Il sauta sur le côté et la chaise que Hayn lui avait lancée à la tête le frôla sans dommage. Sous la force de son élan, Hayn perdit l'équilibre. Le Saint prêta son concours à cette chute malencontreuse d'un coup de pied qui le précipita au tapis.

Le dernier avançait toujours mais avec plus de prudence. Il esquiva le premier coup du Saint et répliqua avec un swing du droit sur la tempe qui piqua le Saint au vif. Templar décida que sa réputation était en jeu et exécuta une remarquable feinte du gauche qui lui offrit l'ouverture pour une droite volcanique qui vint s'écraser sur le nez du gangster.

Comme l'homme s'affaissait, le Saint se retourna vivement et attrapa Stannard.

– Bats-toi, idiot ! lui susurra-t-il à l'oreille. C'est pour la couleur locale !

Stannard s'engagea dans un corps à corps audacieux, mais le Saint se dégagea et, fermement, bien qu'avec regret, lui assena un coup sur l'oreille.

Simon n'y mit pas toute sa force mais cela suffit à assommer le gamin de manière convaincante. Plein d'espoir, le Saint chercha autour de lui autre chose à rosser mais ne trouva rien. Hayn se redressait en titubant, comme ceux des cinq autres brutes en état de le faire mais aucun ne montrait d'enthousiasme notable à reprendre la bataille.

– Si l'un d'entre vous désire une autre leçon, lança le Saint d'une voix traînante, à peine essoufflée, envoyez-moi une petite carte. Je me ferai un plaisir de revenir.

Il n'y eut, cette fois, aucune tentative pour lui barrer le passage.

Il récupéra son chapeau, ses gants et sa canne au vestiaire et traversa la salle. Au moment où il franchissait la porte, il croisa Braddon de retour.

– Salut, mon mignon, lui fit le Saint avec affabilité. Ne perds pas ton temps, va vite écouter la dernière blague qui fait marrer les gars du coin en bas.

Braddon tentait de comprendre la cause et le sens d'une aussi singulière salutation de la part d'un parfait inconnu lorsque le Saint, sans aucune précipitation mais si promptement et avec tant d'adresse que la chose était faite avant qu'il en prît conscience, leva les mains, s'empara du bord de son chapeau et l'enfonça sur ses yeux. Puis, en lui tordant facétieusement le nez et avec un geste joyeux de la main à l'adresse de Danny qui contemplait la scène d'un air ahuri, il disparut.

Danny n'était pas un rapide et le temps que Braddon se débarrasse de son chapeau et atteigne la porte, la rue était vide.

Lorsqu'il eut épuisé la totalité de son vocabulaire, Braddon descendit au sous-sol à la recherche de Hayn et s'arrêta bouche bée devant le spectacle désolant qui s'offrait à sa vue.

M. Hayn, oubliant un instant l'évanouissement triomphal du Saint, s'était vivement jeté sur Stannard. Le départ de son ennemi l'avait plongé dans une humeur noire. Tout autour de lui, semblait-il, une armée de serveurs costauds à différents stades de délabrement se remettait péniblement sur ses pieds en murmurant une litanie d'effroyables jurons. En fait d'armée, ils étaient cinq – cinq gaillards entraînés et de bonne constitution – qui auraient dû suffire à immobiliser un homme ordinaire, même en tablant sur la plus large estimation des chances. Mais le Saint s'était frayé un chemin au travers de leur ligne sans la moindre difficulté, les malmenant, les brutalisant et les ridiculisant pour finalement s'en sortir sans une égratignure. Hayn aurait parié que la cravate du Saint ne déviait pas d'un millimètre à l'issue de la bataille. Le Saint les avait bafoués sans y perdre un seul cheveu.

Hayn laissa éclater son exaspération sur Jerry. Qu'il ait vu le garçon contribuer à la tentative d'interception du Saint et s'en tirer au plus mal ne fit rien pour adoucir son courroux.

– Sinistre crétin ! explosa-t-il. Tu ne pouvais pas deviner qu'il préparait quelque chose ? Tu gobes toujours les bobards du premier venu ?

– Je vous ai dit que c'était pas garanti, protesta Stannard. Quand j'ai fait sa connaissance, il n'avait rien à voir avec ce qu'il était ce soir. Honnêtement, monsieur Hayn, comment aurais-je pu deviner ? Je ne sais même pas ce qu'il cherchait. Ces cartes...

– Les grand-mères sud-africaines, gronda Hayn, toujours furieux.

Braddon avança à sa rencontre.

– Qui était ce gentleman ? demanda-t-il.

« Gentleman » n'était pas précisément le terme employé.

– Sers-toi de tes yeux, espèce d'andouille, éclata Hayn en désignant la table.

La mâchoire de Braddon s'affaissa devant les cartes éparpillées.

– Ce type était là ?

– Qu'est-ce que tu t'imagines ? Tu l'as sans doute croisé en venant. D'après ce qu'a raconté le Serpent et ce que j'ai pu voir, il s'agit probablement de la crème. C'était peut-être même le Saint en personne.

– Alors c'était ce gentleman ! s'exclama Braddon.

Cette fois encore, le qualificatif dont il gratifia Simon Templar était plus fleuri.

Hayn lâcha un reniflement de mépris.

– Et c'est ce crétin de Stannard qui l'a amené ici, fit-il.

– Je vous ai dit que je ne savais pas grand-chose sur lui, monsieur Hayn, se défendit Stannard. Je vous ai prévenu que je ne pouvais pas répondre de lui.

– Le gosse a raison, intervint Braddon. S'il a eu le Serpent, il peut avoir n'importe qui.

L'argument n'était pas dépourvu de logique mais il fallut un certain temps avant que Hayn ne fût capable d'en convenir. Il finit par se calmer.

– Nous en reparlerons, Braddon, fit-il. J'ai une idée pour couper court à ses petites plaisanteries. Il ne s'en est pas tiré comme ça. J'ai envoyé Keld à ses trousses. Nous saurons avant ce soir où il habite. Après ça, je ne crois pas qu'il fera long feu.

Il se tourna vers Jerry. Le garçon semblait nerveux

et Hayn se montra diplomate. Il n'avait aucun intérêt à se fâcher avec un homme dont il avait besoin.

– J'ai perdu mon sang-froid, mon petit, s'excusa-t-il. Je comprends que tu n'y es pour rien. Mais à l'avenir, tâche de te montrer plus prudent. J'aurais dû te mettre en garde contre le Saint. C'est un homme dangereux ! Tiens, prends donc un cigare.

C'était l'offre de paix de M. Hayn et Stannard l'accepta avec soulagement.

– Y a pas de mal, répondit-il de bonne grâce. Je suis désolé de vous avoir déçu.

– L'affaire est close, fiston, le coupa chaleureusement Hayn. Bon, tu ne te formaliseras pas si je te laisse ? Je dois discuter affaires avec M. Braddon. Je compte sur toi pour t'amuser en haut. Mais ne joue plus, hein ?

– Je ne risque pas, répondit Stannard. Mais, monsieur Hayn...

Hayn s'arrêta.

– Oui, fiston ?

– Est-ce que ça vous dérangerait de me faire ce chèque ? Je vous donne une reconnaissance de dette et...

– Tu l'auras avant de partir.

– C'est très généreux de votre part, monsieur Hayn, s'empressa Stannard. On avait parlé de trois mille livres.

– Je n'ai pas oublié, le coupa Hayn un peu plus sèchement.

Il s'éloigna, arrosant copieusement d'injures les serveurs endommagés sur son passage. Stannard le regarda partir pensivement. Jusqu'ici, tout s'était déroulé très facilement. Mais combien de temps cela allait-il durer ?

Il regardait les premiers danseurs évoluer sur la piste lorsqu'un serveur, dont le visage était recouvert d'un large morceau de sparadrap, avança vers lui, une enveloppe fermée à la main. Stannard la déchira, vérifia le chèque qu'elle contenait, apposa sa signature sur le billet à ordre qui l'accompagnait avant de le retourner à Hayn par le même serveur.

Compte tenu du nombre conséquent de cocktails qu'il avait descendu avant le dîner, de la quantité de vin qu'il avait généreusement avalée au cours du repas et de sa participation équitable dans l'absorption des liqueurs en compagnie de Templar, la sobriété dont il faisait preuve était remarquable. Il resta un moment à sa place, un brandy-soda devant lui, tandis que l'orchestre entamait les premières mesures syncopées d'un rythme frénétique. Il regarda les couples tourbillonnants d'un œil sombre durant une heure puis vida son verre, se leva et se dirigea vers l'escalier.

Dans le bureau, Hayn et Braddon étaient plongés dans une vive discussion. Jerry frappa légèrement sur la vitre. Hayn releva les yeux et fit un petit signe de tête. La porte dérobée s'ouvrit au moment où Stannard s'en approchait et se referma sur lui dès qu'il l'eut franchie.

Il traîna dans les salles de jeu, salua quelques connaissances et observa les joueurs un moment sans enthousiasme. Dès qu'il put le faire décemment, il quitta le club et rentra chez lui.

Le lendemain matin, il loua une voiture et sortit de Londres à vive allure. Il retrouva le Saint sur Newmarket Road devant la borne kilométrique convenue.

– Un homme m'a suivi, fit gaiement le Saint. Quand j'ai quitté le bus, il a sauté dans un taxi. Je me demande s'il a abandonné ou s'il est toujours à ma recherche, à faire exploser le compteur quelque part au fin fond d'Edmonton.

Il tendit une cigarette à Stannard et reçut un chèque en retour.

– Mille livres, annonça Stannard, comme promis.

Le Saint le rangea soigneusement dans son portefeuille.

– Mais pourquoi je dois vous les donner, poursuivit Stannard, je n'en sais strictement rien.

– C'est le commencement de la sagesse, lui fit remarquer le Saint. Les deux mille restants paieront tes dettes et te permettront un nouveau départ. Tu auras ta reconnaissance de dette dans un jour ou deux. Mille livres, ça n'est pas cher payé pour une nouvelle vie.

– Sauf que j'aurais pu garder l'argent et continuer de travailler pour Hayn.

– Mais tu as retrouvé la voie de la vertu, remarqua le Saint d'un ton empreint de suavité. Et je suis sûr que la petite démonstration d'hier t'aidera à rester sur cette route pleine d'embûches. Si tu rejoins Hayn, tu me trouveras en travers de ton chemin.

Il retourna à sa voiture et appuya sur le démarreur. Mais la curiosité de Stannard n'était pas satisfaite.

– Qu'allez-vous faire de cet argent ? demanda-t-il. Je croyais que vous étiez contre les escrocs.

– C'est vrai, lui répondit vertueusement le Saint. C'est pour des œuvres de charité. Moins mes dix pour cent de commission, pour la collecte. Tu auras de mes nouvelles lorsque j'aurai besoin de toi. *Au revoir*, ou bien, comme disent les Espagnols *hasta la vista*, ou si tu préfères en allemand, *auf Wiedersehen* !

8

Près d'une semaine après la vive irruption du Saint au *Danny's*, Gwen Chandler rencontrait un matin, et par le plus pur des hasards, M. Edgar Hayn sur Regent Street. Au même instant, au même endroit, et compte tenu des nombreuses difficultés que lui avait demandées la préparation de cette rencontre fortuite, M. Edgar Hayn, lui, rencontrait Gwen Chandler à dessein.

– Nous vous voyons si peu ces derniers temps, ma chère ! s'exclama-t-il en lui prenant la main.

Malgré sa robe d'été de mousseline imprimée, la jeune femme restait froide et réservée. Les quelques mèches blondes qui dépassaient du bord de son chapeau Gainsborough mettaient en valeur le bleu vif et délicat de ses yeux.

– Mais Jerry et moi dînions en votre compagnie il y a encore très peu de temps, répondit-elle.

– Ce très peu est pour moi toute une éternité, répliqua habilement Hayn. Comment ne pas se languir d'une compagnie aussi charmante que la vôtre, ma chère ?

Au dîner auquel elle avait été contrainte de se joindre, Hayn s'était comporté en hôte irréprochable. Son affabilité mielleuse avait pourtant été longue à effacer la première impression de dégoût qu'il lui avait immédiatement inspiré. Elle ne savait à présent comment répondre à un empressement excessif qui n'évoquait pour elle que les avances grotesques d'un éléphant maladroit, sans qu'elle y trouvât par ailleurs quoi que ce fût d'amusant.

En effet, M. Hayn se montrait pour l'heure aussi pachydermique que l'animal sur les civilités duquel il semblait avoir calqué les siennes. L'embarras légèrement glacial de la jeune femme lui échappait totalement. Il agita son parapluie vers la vitrine du magasin devant lequel ils se trouvaient.

– Connaissez-vous ce nom, miss Chandler ? lui demanda-t-il.

Elle regarda dans la direction qu'il indiquait.

– Laserre ? Oui, j'en ai entendu parler, bien sûr.

– Je suis Laserre, déclara Hayn pompeusement. J'attendais avec impatience l'occasion de vous présenter nos modestes locaux. Quelle chance que nous nous rencontrions juste devant la devanture !

Gwen n'était pas pressée d'acquiescer, mais avant qu'elle ne puisse formuler de réponse convenable, elle se trouvait propulsée dans une vaste pièce à la moquette rouge vif où l'on vendait les produits de la maison dans une atmosphère feutrée et cérémonieuse évoquant celle d'une cathédrale.

Une jeune vendeuse se dirigea aussitôt vers eux, mais elle fut évincée par Braddon lui-même – redingoté, mielleux, onctueux – qui se frottait les mains comme s'il était en train de les laver.

– Voilà mon directeur, fit Hayn tandis que la redingote s'inclinait devant eux. Monsieur Braddon, ayez l'obligeance de présenter à miss Chandler quelques échantillons de nos meilleurs produits – je dis bien les meilleurs.

Sur ce, et à sa plus grande confusion, une innombrable quantité de plateaux d'acajou tapissés de velours fut présentée à la jeune fille. Tirés des rayonnages qui occupaient les murs de la pièce, disposés avec un soin attentif sur un comptoir dressé à cet effet, ils défilèrent sans répit jusqu'à ce qu'elle se sente complètement étourdie. Des rangées de flacons de parfum succédèrent à des fioles de cristal scintillant, des cohortes de tubes de rouges à lèvres dorés suivirent des pelotons de petits pots d'albâtre de fard avant de céder la place à des régiments entiers et parfaitement disciplinés de boîtes de poudre en émail. La contemplation d'une telle profusion de luxueuses incitations à la vanité lui donnait le vertige.

– Choisissez ce qui vous plaît, l'encouragea Hayn. Absolument tout ce qui vous chante, très, très chère miss Chandler.

– Mais... Je... C'est impossible, balbutia-t-elle.

Hayn rejeta ses objections d'un geste large de la main.

– J'insiste, l'assura-t-il. Quel plaisir aurais-je à être le maître de ces lieux si je ne pouvais en faire profiter mes amis ? Je peux vous faire un petit cadeau sans craindre de malentendu, n'est-ce pas ? Acceptez gracieusement ce présent insignifiant, ma chère. Votre refus me blesserait profondément.

Malgré l'aspect grotesque de ses avances, les circonstances rendaient toute rebuffade impossible et Gwen était incapable de comprendre ce qui lui valait une telle démonstration. La journée était chaude et

Hayn, comme un homme de sa corpulence était malheureusement enclin à le faire, transpirait abondamment. Miss Chandler ne pouvait s'empêcher de se demander si la chaleur ne lui avait pas temporairement détraqué le cerveau. Son exubérance contenait en effet quelque chose d'imperceptiblement inquiétant.

Ne pouvant se dérober, elle choisit modestement un petit nécessaire de maquillage ainsi qu'un flacon de parfum. Déçu par sa réticence, M. Hayn lui présenta d'autres choses avec insistance et elle se trouva dans l'obligation d'accepter deux grandes boîtes de poudre.

– Faites un joli paquet des emplettes de miss Chandler, monsieur Braddon, ordonna Hayn.

Le directeur emporta aussitôt les marchandises au fond du magasin.

– Votre gentillesse est vraiment absurde, bredouilla la jeune femme avec embarras. J'ignore ce que j'ai fait pour la mériter.

– Votre visage est votre richesse, très chère jeune fille, lui déclara Hayn, visiblement dans l'un de ses jours les plus brillants.

Le terrifiant pressentiment qu'il était sur le point de l'inviter à déjeuner l'envahit brusquement et elle se hâta de prendre congé sous le prétexte fallacieux d'un rendez-vous entièrement fictif.

– Ne jugez pas ce départ précipité trop durement, je vous en prie, s'excusa-t-elle. Mais je suis déjà affreusement en retard.

Hayn semblait complètement déconfit.

– On ne peut que tout vous pardonner, se reprit-il, sentencieux. Mais cette perte pour moi est irréparable.

Elle ne sut jamais par la suite comment elle réussit

à se sortir de l'échange de platitudes qui suivit. Le retour de Braddon avec le paquet élégant qui l'autorisait à prendre la fuite la sauva.

Hayn la raccompagna au-dehors, le chapeau à la main.

– Au moins, demanda-t-il encore, promettez-moi d'accepter ma prochaine invitation. Je vous téléphonerai bientôt, vous aurez le choix de la date. Je ne supporterais pas de penser que ma compagnie vous soit déplaisante.

– Bien sûr que non... j'en serai ravie, se hâta désespérément la jeune fille. Merci infiniment pour la poudre et le reste. Il faut que je me sauve à présent.

Ce qu'elle fit du mieux qu'elle put.

Hayn, complètement immobile au milieu du trottoir où elle l'avait laissé, la regarda disparaître, une étrange lueur dans ses yeux pâles. Puis il remit son chapeau et, dédaignant la parfumerie où il n'avait plus rien à faire, se mit en route.

Lorsqu'il arriva au *Danny's*, on lui annonça que le Serpent et quelques-uns de ses hommes l'attendaient. Hayn prit néanmoins le temps de rédiger une lettre, adressée à M. Henri Chastel, poste restante, Athènes. Il allait sonner pour faire entrer le Serpent lorsque, après un coup à la porte, Danny pénétra dans la pièce.

– Il y en a cinq, annonça-t-il avec empressement.

– Cinq quoi ? s'enquit patiemment Hayn.

– Cinq, poursuivit Danny, en comptant l'homme qui a enfoncé son chapeau sur les yeux de M. Braddon. Ils disent qu'ils doivent vous voir immédiatement.

M. Hayn éprouva au creux de l'estomac l'inquiétude nauséeuse et profonde devenue inséparable du souvenir de la personnalité électrique du Saint. Chaque matin, sans défaillance depuis le premier avertissement qu'il avait reçu, il découvrait à la table de son petit déjeuner, à côté de son assiette, l'enveloppe désormais familière, contenant l'inévitable carte. Et, chaque après-midi, lorsqu'il arrivait au *Danny's*, un rappel semblable se trouvait parmi les lettres qui l'attendaient sur son bureau.

Même s'il l'avait voulu, il n'aurait pas eu la moindre possibilité d'oublier Simon Templar. En fait le Serpent et ses hommes attendaient précisément de recevoir leurs instructions concernant le plan que Hayn avait élaboré pour se débarrasser de cette menace.

Mais la politique du Saint usait rapidement les nerfs de Hayn. Sachant ce qu'il savait, le Saint s'abstenait de transmettre ses informations à Scotland Yard dans l'unique espoir de gagner beaucoup plus par son silence. Hayn n'avait pourtant reçu aucune menace de chantage – seules ces manifestations quotidiennes et mélodramatiques témoignaient de l'intérêt soutenu que lui portait le Saint.

Hayn commençait à se sentir comme une souris harcelée, poussée à la limite de la démence par un chat exceptionnellement sportif. Il ne doutait pas une seconde que le Saint œuvrait contre lui mais ses efforts de concentration les plus enragés n'avaient pu lui livrer le plus décharné des fragments d'idée de la direction d'où surgirait le prochain assaut. Et les sept nuits et les sept jours de silence inexplicable qui avaient suivi sa rencontre avec le Saint avaient conduit Hayn à la limite de l'effondrement nerveux.

A présent le Saint – ainsi, selon toutes les apparences, que le reste de son gang – lui rendait une seconde visite. La prochaine manche allait commencer et Hayn se battait dans une obscurité plus profonde que jamais.

– Fais-les entrer, fit-il d'une voix qu'il eut du mal à reconnaître comme la sienne.

Il se pencha sur un travail d'écriture, luttant pour contrôler ses nerfs dans le but de donner le change à son visiteur, la seule chose à laquelle il était capable de se raccrocher. Grâce à un effort de volonté prodigieux, il parvint à ne pas lever les yeux lorsqu'il entendit la porte s'ouvrir et les pas légers des hommes qui emplissaient la pièce.

– Allez-y, mes âmes, entrez, fit le Saint avec sa gaieté caractéristique. Parfait... Alignez-vous le long de ce mur en un seul rang et tenez-vous tranquilles.

Hayn releva alors les yeux et découvrit le Saint devant son bureau qui le contemplait avec affection.

– Bonjour, Edgar, fit-il aimablement. Comment va Swan ?

– Bonjour, monsieur Templar, répliqua Hayn.

Il dirigea son regard sur les quatre hommes alignés à côté de la porte. Ils formaient un quartette indescriptible et surprenant qui n'avait rien à voir avec le genre d'hommes qu'il s'était imaginé dans ses vagues tentatives de visualiser les partenaires du Saint. Il n'y en avait qu'un qui pût avoir moins de trente ans et les vêtements de tous avaient connu des jours meilleurs.

– Voilà le reste de la bande, déclara le Saint en suivant son regard. J'ai remarqué qu'on m'avait filé jusqu'à chez moi l'autre soir alors j'ai pensé t'épargner pas mal de recherches en t'amenant directement les autres gars, pour te les présenter.

Il se tourna.

– Brigade... garde-à-vous ! Mes âmes, voici ce cher Edgar, dont vous avez si souvent entendu parler. Lorsque je vous appellerai de gauche à droite, vous avancerez d'un pas, ferez un salut énergique depuis les hanches, sans bouger les sourcils et le pouce dans l'alignement de la couture du pantalon, avant de retourner dans les rangs... Tout d'abord, Edgar, laisse-moi te présenter Saint Winston Churchill. Lève ton chapeau, Winnie... A sa gauche, Saint George Robey. Les sourcils, George... Ensuite, Saint Herbert Hoover, président des Etats-Unis, sans aucun lien avec les aspirateurs du même nom. Secoue ton mouchoir pour le gentil monsieur, Herb ! Enfin, mais non des moindres, Saint Hannen Swaffer. Souris, Hannen. Rassure-toi, je ne laisserai personne te gifler ici... Voilà la bande au grand complet, Edgar, excepté moi. Je me présente !

Hayn hocha la tête.

– C'est très aimable à vous, monsieur Templar, fit-il, et sa voix, en raison de l'idée qui venait de germer dans son cerveau, était légèrement fébrile. C'est la seule raison de votre visite ?

– Pas exactement, mon cœur, reprit le Saint en s'asseyant sur le bord du bureau. Je suis venu parler affaires.

– Ah, alors vous ne voudriez pas que je vous presse, n'est-ce pas ? répondit Hayn. D'autres personnes attendent que je les reçoive. Voulez-vous m'excuser le temps que j'aille leur dire de revenir plus tard ?

Le Saint sourit.

– Mais je t'en prie, mon p'tit gars, répondit-il. Cependant, je t'avertis, il ne sert à rien de dire au Serpent et à ses hommes de se tenir prêts à nous attaquer à la sortie. Parce qu'un de nos amis attend à un bloc de là avec une lettre à notre ami l'inspecteur Teal. Et cette lettre sera transmise si nous ne le rejoignons pas sains et saufs d'ici dix minutes.

– Ne vous inquiétez pas, protesta Hayn. Je ne sous-estime pas votre intelligence !

Il sortit, commettant du même coup une erreur qu'il regretterait amèrement par la suite. Hayn n'avait jamais laissé même un allié seul dans son bureau, encore moins un ennemi déclaré. Mais l'urgence de son inspiration avait, pour l'heure, chassé toute autre considération de son esprit. Le plus intelligent des criminels finit tôt ou tard par faire un faux pas et il s'avère généralement que la faute est si puérile que le témoin est stupéfait qu'elle ait même pu être commise. Ce fut pourtant ainsi que Hayn trébucha. Mais rappelons qu'en ces moments difficiles, c'était un homme particulièrement ébranlé.

Il trouva le Serpent accoudé au bar en compagnie de trois de ses meilleurs hommes. Il leur fit signe de venir hors de portée des oreilles du barman.

– Le Saint et le reste de sa bande sont dans mon bureau, fit-il.

Ganning lâcha une exclamation virulente.

– Non. Pas de bagarre pour l'instant, le coupa Hayn. Je veux d'abord découvrir son jeu. Mais quand les quatre autres sortiront d'ici, vous les filerez. Découvrez tout ce que vous pourrez à leur sujet. Vous viendrez me faire un rapport à minuit. Je vous donnerai alors mes instructions en ce qui concerne Templar.

– Quand j'aurai attrapé ce salaud, gronda Ganning, il aura...

Hayn le coupa encore d'un geste impatient de la main.

– Tu attendras que j'en aie terminé avec lui, fit-il. Ne t'avise pas de foncer comme un taureau stupide sur la première barrière venue avant de savoir ce qu'il y a de l'autre côté. Je te dirai quand y aller, tu peux me faire confiance !

Durant ce court laps de temps, le Saint, ayant sans aucun scrupule saisi l'occasion que lui offrait l'absence de Hayn, avait fouillé son bureau. Il découvrit quatre ou cinq reconnaissances de dettes portant la signature de Stannard dans un tiroir qui n'était pas fermé à clé et les empocha. Hayn faisait preuve d'une négligence incroyable. Le regard du Saint fut à cet instant accroché par une enveloppe sur laquelle l'encre était encore humide. Le nom « Chastel » ressortait comme s'il avait été écrit en lettres de feu, si bien que Simon frémit comme un pointer en alerte...

Son immobilité ne dura qu'un instant. En un éclair, il arracha une feuille vierge d'un calepin, y griffonna quelques mots à la hâte et la plia dans une enveloppe. L'original posé devant lui, il recopia l'adresse écrite par Hayn dans une renversante imitation de son écriture...

– Je peux vous consacrer une heure, si vous le voulez, annonça Hayn en revenant.

Le Saint se retourna avec un sourire affable.

– Ça ne prendra pas autant de temps, mon chou, répliqua-t-il. Mais je ne crois pas que l'affaire intéresse les autres. Ils ont par ailleurs du travail. Maintenant que tu as fait leur connaissance, vois-tu quelque inconvénient à ce que je rompe les rangs ?

– Absolument aucun, monsieur Templar.

Il y avait un éclat de satisfaction dans les yeux de Hayn, mais le Saint, s'il l'avait remarqué, n'y prêta aucune attention.

– Colonne, attention. A droite... droite ! Au pas de course – et cetera, ordonna-t-il vivement. En un mot : fichez le camp !

Le bataillon, après une seconde d'hésitation, quitta la pièce d'un pas traînant, le visage impassible. De l'instant de leur arrivée à leur départ, les quatre hommes n'avaient pas prononcé une seule parole.

A cette étape du récit, il semble opportun de rapporter que le Serpent et ses sbires passèrent sept heures laborieuses et parfaitement vaines à suivre un vendeur ambulant de lacets, un artiste de rue et deux anciens militaires de carrière aujourd'hui joueurs d'orgue de Barbarie que le Saint avait recrutés dix shillings chacun pour l'occasion. Il faut encore ajouter que le quartette, réuni dans une crémerie voisine pour célébrer sa bonne fortune, n'était pas moins mystifié que les quatre limiers assidus qui passèrent le reste de la journée sur leurs talons.

Telle était la conception que se faisait le Saint de la plaisanterie mais son sens de l'humour était alors remarquablement souple.

9

– Et maintenant, comme dit l'évêque à l'actrice, passons aux choses sérieuses, murmura Simon en sortant son étui à cigarettes avant d'en taper une sur l'ongle de son pouce. Je vais te poser une question de la plus haute importance.

Hayn s'assit.

– Je vous écoute, monsieur Templar.

– Que penserais-tu, fit le Saint avec une certaine hésitation, si je te disais que je veux dix mille livres ?

Hayn sourit.

– Je comprendrais tout à fait, répondit-il. Vous n'êtes pas le premier à vouloir ramasser dix mille livres aussi facilement.

– Mais imagine, poursuivit Simon d'un ton persuasif, imagine seulement, si tu ne me donnes pas immédiatement ces dix mille livres, qu'un petit dossier à ton sujet voyage jusqu'au bureau de l'inspecteur Teal pour lui raconter l'histoire de ce qui se passe à l'étage et les petits secrets de la maison Laserre, qu'en dirais-tu ? J'en connais assez pour t'envoyer cinq ans derrière les barreaux.

Le regard de Hayn tomba sur le calendrier accroché au mur. Un anneau coulissant rouge entourait la date. Son cerveau se mit à fonctionner rapidement. Brusquement, il se sentit exceptionnellement sûr de lui. Il quitta le calendrier pour sa montre et sourit.

– Je vous ferais un chèque immédiatement, répondit-il.

– Et ton compte courant le supporterait ?

– Tout mon argent est sur mon compte courant,

répliqua Hayn. Comme vous le comprendrez, il est essentiel qu'un homme dans ma position puisse réaliser sa fortune rapidement et sans formalités.

– Alors écris, murmura le Saint.

Sans un mot, Hayn ouvrit un tiroir, sortit son carnet de chèques et écrivit. Il tendit le papier à Templar qui le vérifia, les yeux brillants.

– Tu es un brave garçon, fiston, approuva le Saint. Je suis très heureux que nous n'ayons pas eu de dispute sordide ni de marchandage à ce sujet. Cela rend toujours les choses si grossières.

Hayn haussa les épaules.

– Vous avez vos méthodes, fit-il. J'ai les miennes. Mais permettez-moi de vous faire observer l'heure.

Il désigna sa montre et tapota le verre d'un index boudiné.

– Midi et demi, samedi. Vous ne pourrez encaisser ce chèque avant neuf heures lundi matin. Qui sait ce qui peut se passer d'ici là ? Je prétends quant à moi que vous ne déposerez jamais ce chèque à votre banque. Je ne crains pas de vous le dire. Et voilà pourquoi : vous ne m'enverrez pas la police avant lundi matin parce que vous êtes persuadé de gagner. Parce que vous croyez qu'à neuf heures lundi matin vous serez devant les portes de la banque à attendre qu'on les ouvre. Mais vous n'y serez pas. Je le sais. Croyez-vous sincèrement que je vous laisserais me faire chanter pour une telle somme, presque le montant de ce que j'ai mis de côté en cinq ans ?

Le moment décisif qu'il avait si longtemps espéré était enfin venu. Les cartes étaient sur la table et la seule chose qui tracassait Hayn était de savoir pourquoi le Saint avait attendu tant de jours pour faire son offre. Quoi qu'il en soit, l'orage qui avait couvé si longtemps était désormais crevé et il laissait Hayn curieusement impassible.

Templar observait son adversaire du coin de l'œil. Le Saint savait aussi que la partie se jouait.

– Tu es un drôle de type, Hayn, fit-il enfin. Mais tu es trop sérieux, voilà ton problème. Tu vas perdre cette bataille parce que tu n'as aucun sens de l'humour. Comme tous les escrocs de second ordre, tu ne sais pas rire.

– Rira bien qui rira le dernier, Templar, répliqua Hayn.

Le Saint se détourna avec un sourire et prit son chapeau.

– Tu te fais des illusions, fit-il doucement. Tu ne devrais pas, mon cher.

Il ramassa sa canne et la tourna élégamment entre ses doigts. Une lueur de défi brillait dans ses yeux bleus.

– Je suppose que je peux envoyer ta généreuse donation aux hôpitaux de Londres sous pli anonyme, fiston ?

– Nous verrons ça lundi, rétorqua Hayn.

Le Saint acquiesça.

– Je me demande si tu as deviné mon jeu ? fit-il gravement. Tu me prends peut-être pour une sorte de pirate, un escroc qui escroquerait les escrocs ? Mal vu, mon chéri. Je vais perdre de l'argent sur ce coup-là. Mais je suis un vrai kamikaze, vois-tu, et une vie tranquille sur un matelas douillet est un véritable supplice pour les gens comme moi. Je ne suis pas flic parce que je me fiche pas mal des rubans rouges mais je suis du même côté. Je veille à ce que les insectes répugnants dans ton genre soient écrasés, ce dont, je te l'accorde, les flics peuvent se charger. Mais pour justifier mon existence, je m'assure que lesdites vermines contribuent pour une large part de leurs biens mal acquis à des œuvres de charité, ce qui, tu me l'accorderas, ne peut être laissé aux flics. Il m'a toujours paru un peu raide que les microbes de ton espèce puissent faire fortune sur l'escroquerie puis en profiter librement après quelques mois de taule. Je suis là pour redresser cette situation. Sur l'argent dont j'ai allégé le Serpent, j'ai rendu à Tommy Mitre la somme qui lui appartenait augmentée d'un bonus pour dommages et intérêts. Mais le Serpent n'est qu'une minuscule punaise. Tu es beaucoup plus gros et je veillerai à ce que ta contribution soit en proportion.

– Nous verrons, fit Hayn.

Le Saint l'observa avec attention.

– Lundi soir, tu dormiras au commissariat de Marlborough Street, jeta-t-il froidement.

L'instant d'après, il avait disparu. Simon Templar avait le don d'opérer ses brusques sorties si aisément qu'il s'écoulait généralement quelques minutes avant que ses interlocuteurs ne réalisent qu'il leur avait faussé compagnie.

Hayn regarda la porte fermée sans bouger. Puis il baissa les yeux et vit l'enveloppe posée sur le buvard devant lui, adressée de sa propre main à M. Henri Chastel. Et Hayn, dans son fauteuil, la fixa tout à coup avec fascination. Bien que l'imitation de son écriture eût trompé une douzaine de ses proches, il n'avait pas eu besoin de la regarder longtemps pour comprendre qu'il ne s'agissait pas de celle qu'il avait rédigée...

Il lui fallut quelques instants pour sortir de sa torpeur. Il se força enfin à ouvrir l'enveloppe, étala la feuille sur son bureau d'une main tremblante et son cerveau s'embruma. Comme un homme aurait brusquement perçu un fait concret à travers le brouillard obscur de la drogue, Hayn réalisa que son dos s'appuyait contre le mur le plus reculé de son bureau. Sous le vernis superficiel de sa désinvolture, le Saint avait laissé entrevoir quelques secondes la puissance de ses réelles qualités et la détermination de ses objectifs. Et, durant ces quelques secondes, l'occasion fut donnée à Hayn d'apprécier la véritable nature de l'homme qui le combattait.

Les dernières paroles du Saint lui revinrent en mémoire. « Lundi soir, tu coucheras au commissariat de Marlborough Street. » La phrase résonnait encore à ses oreilles. Le ton était celui du juge proférant sa sentence et ce souvenir imprima une peur blafarde sur le visage décomposé d'Edgar Hayn.

10

Le Saint prit connaissance de la lettre d'Edgar Hayn dans un bar de Piccadilly devant un Martini attendu et mérité. Son verre resta pourtant longtemps intouché devant lui. Il n'avait pas eu besoin d'avancer beaucoup dans sa lecture pour découvrir qu'Edgar Hayn était un plus gros poisson qu'il n'avait espéré.

Il fuma ensuite deux cigarettes, très pensivement, et élabora certains plans en portant une attention toute méticuleuse aux détails. En une demi-heure, sa stratégie était établie mais il lui fallut un quart d'heure supplémentaire et une autre cigarette pour la revoir et traquer la moindre vétille qui aurait pu lui échapper.

Il ne toucha pas son verre avant d'être certain que ses plans étaient aussi sûrs que le laps de temps minimum dont il disposait le lui permettait.

Son premier mouvement le porta au bureau de poste de Piccadilly où il rédigea et expédia un long télégramme codé à un certain Norman Kent, qui se trouvait à Athènes sur une affaire que lui avait confiée le Saint. Simon remercia le dieu de la chance de l'heureuse coïncidence que lui fournissait la présence d'un agent sur place. Cela augurait bien de l'avenir.

Il glissa ensuite du guichet à une cabine téléphonique où il composa un numéro. Durant dix minutes, il s'entretint gravement avec un certain Roger Conway auquel il donna des directives minutieuses. Il se fit répéter ses ordres pour être certain qu'ils étaient parfaitement enregistrés et compris et fut satisfait.

– Hayn doit maintenant avoir compris que je suis au courant de ses liens avec Chastel, conclut-il, à moins qu'il n'ait posté son courrier sans le regarder. Mais ça me surprendrait. Nous devons partir de l'hypothèse qu'il a découvert la substitution des lettres. Par conséquent, la règle de ne pas me contacter en dehors de la plus sûre des filières les plus sûres est doublement valable. J'estime que, dans les prochaines quarante-huit heures, des efforts aussi acharnés que nombreux seront entrepris dans le but de me supprimer. Il n'y a aucune raison de te le cacher. Et ce ne sera pas la faute de ce cher Edgar si je ne suis pas qualifié pour Kensal Green d'ici à lundi matin.

Conway protesta et le Saint passa rapidement à un autre sujet.

– Tu m'es beaucoup plus utile en travaillant dans l'ombre, fit-il. Et je n'y peux rien si ta modestie naturelle te pousse à cacher tes talents. Il n'y a de place dans la ligne de mire que pour un seul d'entre nous. Et comme ils me connaissent sous toutes les coutures, j'ai décroché le rôle. Ne t'inquiète pas, je n'ai jamais joué les cadavres et je n'ai pas l'intention de commencer aujourd'hui !

Il était très en verve. L'imminente perspective d'une action violente et décisive le mettait toujours dans cet état. Son sang bouillonnait d'impatience dans ses veines et ses yeux pétillaient de témérité. Il bénissait l'entraînement complet auquel il soumettait quotidiennement ses nerfs et ses tendons. Le fait qu'aucune compagnie d'assurances un tant soit peu prudente n'acceptât de l'assurer sur la vie même pour une prime de cinq cents pour cent était incapable d'entamer sa bonne humeur. Le Saint était de cette trempe.

L'irritation, le souci étaient des sensations qui n'avaient jamais troublé sa jeune existence. Durant les quelques heures à venir, le Saint ne pouvait rien entreprendre pour la cause qu'il servait. Ce fut la raison pour laquelle il se proposa de les passer agréablement et au mieux de ses compétences. Les événements mouvementés et périlleux qui suivraient cet interlude de plaisir le laissaient complètement indifférent. Pour tout dire, l'approche même de l'heure H pimentait ce court répit d'un piquant supplémentaire.

Il n'avait, bien sûr, aucun moyen de s'assurer que

Hayn avait découvert le détournement de sa lettre. Mais en dépit de l'excellence du Saint dans la contrefaçon, la probabilité que ce détail lui ait échappé restait faible. Et même s'il ne s'était aperçu de rien, le chèque qu'il avait obtenu et l'assurance avec laquelle Hayn le lui avait donné prouvaient qu'il allait y avoir quelques moments particulièrement tendus avant la matinée du lundi. Les principes sur lesquels Simon Templar fondait sa vie, et qui lui avaient permis de sortir miraculeusement indemne d'innombrables aventures désespérées par le passé, consistaient à présumer le pire et à ne jamais prendre aucun risque. Dans le cas présent, la suite des événements devait prouver que ce principe pessimiste était la plus grande et la plus triomphante devise jamais formulée.

Le Saint déjeuna tranquillement avant de se détendre sans remords au cinéma jusqu'à six heures et demie. Puis il retourna chez lui pour se changer et fut quelque peu désappointé de ne trouver aucune réponse au télégramme qu'il avait envoyé le matin.

Il dîna et passa la soirée à danser au *Kit-Cat* en compagnie de la ravissante et réellement délicieuse Patricia Holm. Le Saint était après tout aussi humain que n'importe quel homme, sinon plus, et Patricia Holm était alors sa faiblesse.

C'était une belle soirée. Profitant de la douceur de l'air, ils remontèrent Regent Street ensemble. Ils se trouvaient au niveau de Hanover Square, juste à l'angle de Brook Street, lorsque le Saint aperçut le premier nuage menaçant. Sans aucune cérémonie, il attrapa Patricia Holm par les épaules et la poussa dans un renfoncement, à l'abri des regards. Un taxi des plus opportuns maraudait justement dans la rue à cet instant et le Saint le héla pour y jeter la jeune femme avant qu'elle ait prononcé une parole.

– Je vais dire au chauffeur de te conduire au *Savoy*, lui dit-il. Tu y prendras une chambre et t'y enfermeras sans mettre le bout de ton charmant petit nez dehors jusqu'à ce que je vienne te chercher. Dis-toi bien que n'importe quel message ou messager que tu recevrais de ma part est une imposture. Je ne crois pas qu'ils t'ont vue mais je ne veux prendre aucun risque. Ne prête aucune attention à quoi que ce soit ou quiconque en dehors de moi en personne. Je viendrai te chercher lundi à l'heure du déjeuner. Si ça n'est pas le cas, alors contacte l'inspecteur Teal et ses hommes et fais un scandale – mais pas avant, hein ?

La jeune femme fit une grimace méfiante.

– Ecoute-moi bien, Saint, commença-t-elle sur ce ton menaçant qu'il aimait et connaissait si bien, si c'est encore une de tes manœuvres pour essayer de m'écarter...

– Chérie, la coupa simplement le Saint, j'ai arrêté depuis longtemps de vouloir t'écarter comme de chercher à t'offrir une vie tranquille et respectable. C'est impossible. Je le sais. Tu pourrais participer à n'importe laquelle de mes aventures et je ne craindrais pas de devoir affronter avec toi les gangs de New York, Chicago, Berlin et Londres réunis. Mais s'il y a une sorte de sale boulot auquel je ne veux pas que tu sois mêlée, c'est justement celui-ci. Compris, Pat ?... Alors à bientôt !

Il referma la porte du taxi, indiqua la destination au chauffeur et regarda le véhicule s'éloigner, particulièrement soucieux, en cet instant, de rester en vie... Puis les feux arrière du taxi disparurent au coin de la rue et Patricia Holm avec eux. Le Saint fit demi-tour avec un soupir et un involontaire durcissement des épaules avant de s'engouffrer dans Brook Street.

Il avait remarqué la voiture de sport stationnée au bord du trottoir juste devant l'entrée de son appartement. Il avait également vu les quatre hommes réunis en petit comité à côté, conversant avec toutes les apparences de la plus sincère innocence et il avait présumé le pire. La somme totale de ces détails trompeusement anodins lui parut porter la marque manifeste d'une conspiration de Hayn. Le Saint était pourvu de ce qu'il qualifiait lui-même d'un esprit soupçonneux et mal tourné.

Il avança d'un pas tranquille. Sa main gauche dans la poche de son pantalon cherchait la clé de sa porte d'entrée et de sa main droite, il faisait négligemment tourner la canne dont, ces derniers temps, il ne se séparait jamais. Son feutre noir était rejeté sur la nuque. De toute son apparence, comme du moindre de ses gestes, émanait le souffle le plus suave d'une élégance aussi inoffensive que remarquable. Car le Saint n'était jamais aussi à l'aise que lorsque tout autour de lui retentissait de signaux d'alarme. En approchant du petit groupe, il remarqua leur brusque silence et le mouvement simultané des têtes dans sa direction.

Le Saint fredonnait un petit air. Tout semblait trop facile – rien d'autre qu'une simple mise en jambes amusante et bienvenue avant la bagarre qui allait suivre. Il avait sorti la clé de la porte d'entrée de son anneau pour la glisser dans une petite poche de sa veste où elle serait plus facile à trouver en cas d'urgence.

– Excusez-moi, fit le plus grand des quatre en avançant d'un pas à sa rencontre.

– Hélas, j'ai bien peur de ne pouvoir le faire, Serpent, répondit le Saint avec regret, et il bascula sur ses orteils alors que Ganning l'attaquait avec une matraque plombée.

Le Saint sentit le coup lui frôler le visage mais son uppercut gauche montait déjà en flèche pour s'encastrer sur la mâchoire du Serpent et Ganning, foudroyé, fut catapulté dans les bras de ses hommes.

Avant qu'aucun d'eux se remette de sa surprise, Templar avait prestement grimpé les marches du perron et glissé sa clé dans la serrure. Mais au moment où il la retirait après en avoir fait jouer le mécanisme, les trois autres, laissant leur chef rouler dans le caniveau, fondaient sur lui. Le Saint fit volte-face au moment où sa porte s'ouvrait derrière lui.

Brandissant sa canne à deux mains, il la dressa audessus de lui et tira. Une partie de la canne se dénuda et dans sa main droite, une longue et fine lame d'acier luit dans la pénombre. Son premier coup atteignit le premier homme à l'épaule et coupa les deux autres dans leur élan.

Le Saint leur adressa un sourire désobligeant et ses dents éclatantes étincelèrent dans l'obscurité.

– Vous êtes trois petits vilains, fit le Saint, et j'ai bien peur de devoir le répéter à votre professeur de catéchisme samedi. Fichez-moi le camp d'ici et ne vous avisez pas de traîner dans les parages avant longtemps !

La rapière qu'il avait en main lança un éclair et siffla dans les airs. Les deux hommes reculèrent avec des hoquets d'angoisse tandis que la souple lame les fouettait au visage. Puis, comme ils bondissaient à l'aveuglette pour l'attaquer, le Saint franchit sa porte à la hâte et la claqua sur eux.

Il remit son épée dans le fourreau de sa canne et gravit rapidement les marches de l'escalier qui conduisait à son appartement, situé au premier étage.

En regardant par la fenêtre, il vit les quatre hommes réunis, engagés dans une furieuse discussion. L'un d'entre eux, engoncé dans son manteau, s'épongeait le visage dans un mouchoir repoussant et le Serpent, affalé contre le capot de la voiture, se tenait la mâchoire dans la main. Il y avait de fréquentes gesticulations en direction des fenêtres du Saint. Après un certain temps, les quatre hommes montèrent dans leur véhicule et s'en allèrent.

Cette brève échauffourée n'avait absolument pas perturbé le Saint. Si on lui avait pris le pouls, on aurait compté soixante-quinze pulsations par minute – son rythme habituel –, pas une de plus, pas une de moins. Il traversa tranquillement son salon, alluma les lumières, se débarrassa de son chapeau et de sa canne, fredonnant le même petit air.

Ostensiblement dressé au milieu de la table se trouvait un câble dans son enveloppe. Sans se presser, le Saint se servit un whisky léger, alluma une cigarette puis alla sortir un petit carnet noir de sa cachette derrière un tableau. Pourvu de ce nécessaire, le Saint s'appuya contre le bord de la table, déchira l'enveloppe et en tira une fine feuille de papier.

« L'éléphant se retire », commençait le message. Un peu plus loin était mentionné le nom de Chandler. Et presque à la fin de la lettre rédigée avec le plus grand soin se trouvaient les mots : « Chenille de carreau dix piques quatre cœurs en chicane surenchère sur valet. »

« Eléphant » signifiait Hayn ; Chastel était désigné par « chenille » ; « se retire » voulait dire qu'il avait changé d'avis. A ce stade, le Saint était presque en mesure de déchiffrer la phrase incluant les mots « chicane » et « surenchère ».

Dans son petit calepin noir, en face du nom de toutes les cartes à jouer et devant chaque terme de bridge et de poker, se trouvaient de petites phrases applicables à pratiquement toutes les situations que ses lieutenants pouvaient rencontrer et être conduits à lui rapporter. Avec l'aide de ce carnet et d'un crayon, le Saint déchiffra le reste du message et écrivit son interprétation entre les lignes. Les informations ainsi glanées confirmaient ce qu'il avait déduit de la lecture de la lettre que Hayn destinait à Chastel. Le Saint était satisfait.

Il ouvrit sa machine à écrire portable et rédigea un courrier, constituant ce qui serait le premier communiqué officiel du Saint.

A l'inspecteur principal Teal
Département des enquêtes criminelles
New Scotland Yard
SW 1

Permettez-moi d'attirer votre attention sur Edgar Hayn, jadis Heine, résidant au 27, Portugal Mansion, Hampstead. Cet homme se trouve derrière le Danny's Club *à Soho. Une descente bien programmée dans cet établissement, avec une attention toute particulière pour une porte dérobée se trouvant dans la cloison du salon du rez-de-chaussée (et actionnée par contrôle électrique depuis le bureau de Hayn au sous-sol) vous fournira un aperçu instructif des méthodes de fileurs de cartes* de luxe[1].

Par ailleurs, ce qui est plus important, Hayn est également l'homme qui se trouve derrière la maison Laserre, une parfumerie de Regent Street. Détail non négligeable, George Edward Braddon, son directeur, n'est pas un homme de paille mais un partenaire actif du trafic qui s'y livre.

Une attention particulière aux prochaines livraisons en provenance du continent destinées à la parfumerie Laserre prouvera sans ambiguïté que la principale raison de l'existence de cette entreprise est la cocaïne. La drogue entre en Angleterre par mer. Elle est acheminée dans des caisses de prétendues préparations cosmétiques par les soins des agents étrangers de Hayn. Une fois à quai, ces caisses sont ensuite déclarées comme n'importe quelle marchandise normalement soumise à taxation. Dans chaque caisse, vous trouverez un certain nombre de boîtes censées contenir de la poudre de riz mais elles renferment en fait de la cocaïne.

L'agent européen de Hayn est un Français d'origine levantine nommé Henri Chastel. La lettre ci-jointe, rédigée de la propre main de Hayn, suffira à prouver que Hayn et Chastel sont mouillés jusqu'au cou dans l'ensemble du trafic de drogue européen.

Chastel, qui se trouve actuellement à Athènes, sera pris en charge par un de mes hommes sur place. Je regrette de ne pouvoir le livrer à la justice mais les complications dues à sa nationalité et aux procédures

1. En français dans le texte. *(N.d.T.)*

d'extradition, je le crains, vont à l'encontre de cet objectif.

Lorsque vous aurez reçu cette lettre, je devrais avoir obtenu de Hayn le don destiné à des œuvres de charité que j'ai la ferme intention de lui extorquer avant de vous le remettre pour son châtiment.

Je vous engage le plus fermement du monde à prendre immédiatement les mesures nécessaires en vue de son arrestation. Il possède un avion privé à l'aérodrome de Stag Lane, Edgware, prêt depuis quelque temps à assurer la fuite précipitée à laquelle lui ou l'un de ses agents pourrait être contraint. Une surveillance serrée de l'aérodrome devrait prévenir la frustration que ne manquerait pas d'engendrer une telle issue.

Vous entendrez, à l'avenir, fréquemment parler de moi.

Vous assurant de mes meilleurs services en toutes circonstances, je reste, etc.

LE SAINT

A cette épître, en plus de la lettre de Hayn, Templar joignit son artistique signature. Pour que la police n'ait aucun moyen de remonter jusqu'à lui, il avait demandé le papier dont il s'était servi à Stannard qui l'avait dans ce but soustrait des salles de jeu du *Danny's*.

Il rédigea l'adresse sur l'enveloppe, l'affranchit et, après un coup d'œil préliminaire sur la rue pour s'assurer que le Serpent n'était pas revenu ou n'avait envoyé de représentant, il se dirigea vers la boîte aux lettres la plus proche et y jeta son courrier. Il ne serait pas distribué avant le lundi matin et le Saint constata que cela lui laissait tout le temps dont il avait besoin.

De retour à son appartement, le Saint téléphona à son troisième lieutenant, un dénommé Dicky Tremayne, auquel il transmit ses instructions concernant la protection de Gwen Chandler. Il composa enfin un autre numéro et sortit Jerry Stannard de son lit pour lui donner ses ordres.

Il était finalement satisfait que tout se déroulât selon ses projets.

Il se dirigea vers la fenêtre, souleva le rideau d'un prudent centimètre et regarda de nouveau en bas. Un peu plus haut sur Brook Street, de l'autre côté de la rue, une Furillac sport bleue était stationnée le long du trottoir. Le Saint s'autorisa un petit sourire approbateur.

Il éteignit la lumière du salon et se dirigea vers sa chambre à coucher. Lorsqu'il remonta sa manche gauche, un petit étui de cuir apparut lié à son avant-bras. Dans cet étui se trouvait un magnifique couteau – rien de moins que quinze centimètres d'une lame effilée, tranchante comme un rasoir, sur huit centimètres d'ivoire gravé que constituait le manche. C'était Anna, l'arme de lancé préférée du Saint. Avec Anna, le Saint pouvait empaler un bouchon de champagne en plein vol à vingt pas. Il estima son emplacement actuel un tantinet trop risqué et transféra la petite gaine de cuir au mollet de sa jambe droite. Il s'assura enfin que son étui à cigarettes contenait bien sa provision d'un genre particulier.

Dans la rue, la poire d'un klaxon automobile retentit selon un rythme précis. C'était un signal convenu et le Saint n'eut pas besoin de jeter d'autre coup d'œil pour savoir que Ganning était revenu. Puis, presque immédiatement, une cloche sonna et le témoin qui s'alluma dans la cuisine lui apprit qu'il s'agissait de la porte d'entrée.

– Ils me prennent pour un idiot ! murmura le Saint.

Mais il se trompait – il avait négligé la sortie de secours de l'autre côté du palier qui donnait devant la porte de son appartement.

Un instant plus tard, il entendit, au bout du minuscule couloir, le bruit d'une chute étouffée suivi d'un craquement de bois. Il rapprocha ces bruits de la sonnerie de la porte principale et comprit qu'il n'avait pas le monopole des signaux convenus. Cette sonnerie avait servi à prévenir les hommes entrés par l'arrière que leurs camarades restés devant l'immeuble étaient prêts. Le Saint reconnut qu'il avait commis l'erreur de sous-estimer les capacités d'organisation d'Edgar Hayn.

Etourdiment, il avait laissé son automatique dans sa chambre. Il quitta rapidement la cuisine. Mais dans le couloir, au bruit de son arrivée, les hommes qui étaient entrés avec l'aide d'une pince-monseigneur firent brusquement volte-face. Hayn était l'un d'entre eux et son arme était équipée d'un silencieux.

– Bien, bien, *bien* ! fit le Saint d'une voix traînante – sa désinvolture en temps de crise était prodigieuse –, tout en levant prudemment les mains au-dessus de sa tête.

– Tu vas faire une petite balade avec moi, Templar, fit Hayn. Nous partons tout de suite. Je ne peux malheureusement pas te donner la date de ton retour. Tourne-toi gentiment et mets les mains derrière le dos.

Templar obéit. Ses poignets furent liés et les nœuds serrés par des mains qui n'avaient rien d'amical.

– Alors, toujours aussi optimiste, le Saint ? le railla Hayn en s'assurant de la solidité des liens.

– Plus que jamais, répondit le Saint avec enthousiasme. C'est tout à fait ma conception d'une petite virée nocturne – comme dit l'évêque à l'actrice.

Ils le retournèrent de nouveau.

– Faites-le descendre, ordonna Hayn.

Une procession silencieuse s'engagea dans l'escalier. Le Saint, entre deux hommes, n'opposait aucune résistance. La porte principale était ouverte et à l'extérieur, une voix enrouée murmura à leur approche :

– La voie est libre. Le flic de service est passé il y a dix minutes. Sa ronde dure une demi-heure.

Le Saint fut transféré aux mains des bandits qui faisaient le guet à l'extérieur et poussé jusqu'à la voiture qui les attendait sur le trottoir. Hayn et deux autres hommes s'engouffrèrent avec dans la voiture, un troisième grimpa avec le chauffeur. Ils démarrèrent immédiatement et s'éloignèrent aussitôt vers l'ouest.

Au même instant, un homme quittait sa position inconfortable sur le sol de la Furillac, stationnée vingt mètres plus loin. Il était resté tapi trois quarts d'heure, sans une plainte, pour faire croire que la voiture était vide et son propriétaire dans la maison face à l'endroit où était stationné son véhicule. Le démarreur automatique ronfla sous son pied tandis qu'il se coulait derrière le volant et l'engin se réveilla dans un grondement puissant.

La voiture dans laquelle se trouvait le Saint en compagnie de Hayn avait démarré en trombe et gagnait rapidement de la vitesse. Comme elle disparaissait à l'angle de la rue, la Furillac de sport bleue quitta le trottoir et vrombit dans son sillage à une distance toutefois respectueuse.

Roger Conway se trouvait au volant. La coupe irréprochable de son manteau était gâchée par l'épais renflement de l'automatique qu'il dissimulait dans l'une de ses poches. Le masque sévère de son visage aurait étonné ceux qui ne connaissaient cet aimable jeune homme que dans ses humeurs les plus désinvoltes.

De son siège, dans la voiture de tête, Simon Templar aperçut dans le rétroviseur la Furillac qui les suivait et sourit intérieurement.

11

Gwen Chandler habitait un appartement microscopique sur Bayswater, dont le loyer était payé par la rente que lui avait laissée son père. Elle faisait elle-même son ménage et, les gages d'une domestique ainsi économisés, le reste de ses revenus lui permettait de se nourrir et de mener une vie raisonnablement agréable. Aucun des quelques parents qui lui restaient ne lui avait jamais beaucoup prêté d'attention.

Elle aurait été comblée avec ses amis – et elle l'avait été – mais tout avait brusquement cessé lorsqu'elle était tombée amoureuse, follement amoureuse, de Jerry Stannard.

Il avait vingt-trois ans. Elle savait qu'au cours des deux dernières années il avait mené une vie dissolue, gaspillant la majeure partie de son temps et de son argent dans les night-clubs et se couchant généralement à l'aube. Elle savait aussi que ses goûts dispendieux l'avaient plongé dans les dettes et que, depuis la mort de son père, il avait accumulé les créanciers en grand nombre. Elle attribuait ces excès à ses fréquentations, car les quelques relations dont elle avait fait la connaissance étaient d'un genre qu'elle détestait. Ses conseils et ses interrogations timides avaient été reçus avec tant de brusquerie, qu'elle avait fini par abandonner la lutte pour nourrir seule l'inquiétude que lui procuraient les activités de son amoureux.

Mais depuis quelques jours, la mauvaise humeur de son fiancé s'était étrangement envolée. Bien qu'il parût conserver les mêmes horaires de patachon, il se montrait plus gai et plus souriant que jamais. Une fois, dans un accès de bonne humeur, il avait été jusqu'à lui confier que ses dettes étaient réglées et qu'il se lançait sur un nouveau départ. Elle ne put cependant en savoir davantage – ses questions empressées l'avaient brusquement rendu taciturne, même si son refus de céder à cet interrogatoire avait été exprimé avec beaucoup de gentillesse. Il serait un jour en mesure de lui en dire plus, lui avait-il dit, et ce jour ne serait plus long à venir.

Elle savait qu'il avait l'habitude de faire la grasse matinée le dimanche – comme il avait d'ailleurs l'habitude de faire la grasse matinée les six autres jours de la semaine. Ce fut la raison pour laquelle, ce dimanche matin, lorsque la sonnerie de la porte d'entrée la dérangea dans sa préparation du petit déjeuner, elle fut surprise de le découvrir sur son palier.

Il tentait de masquer sa fébrilité, mais Gwen comprit que celle-ci n'était pas de nature à l'inquiéter.

– Tu as quelque chose à manger pour moi ? lui

demanda-t-il à la hâte. J'ai préféré venir à cette heure impossible parce que je ne suis pas sûr d'avoir l'occasion de te voir de la journée. Mais fais vite parce que j'ai un rendez-vous important.

– Ce sera prêt dans une minute, lui répondit-elle.

Il traîna dans la cuisine en sifflotant tandis qu'elle faisait frire le bacon et les œufs. Il huma l'arôme odorant avec délices.

– Ça sent bon, s'exclama-t-il, et j'ai un appétit d'ogre !

Elle n'aurait pas été surprise de le voir avaler son petit déjeuner dans un silence buté mais il bavarda avec entrain.

– Il doit y avoir des années que tu n'as pas pris de vacances dignes de ce nom, remarqua-t-il. Je crois que tu en mérites, Gwen. Que dirais-tu si nous nous mariions tout de suite et que nous partions à Deauville la semaine prochaine ?

Il rit devant sa perplexité incrédule.

– J'ai les moyens, la rassura-t-il. J'ai remboursé tous ceux à qui je devais de l'argent et dans une quinzaine de jours je commence un travail terriblement rangé à cinq livres par semaine.

– Comment l'as-tu déniché ?

– Un certain Simon Templar me l'a trouvé. Tu ne l'as jamais rencontré, par hasard ?

Elle secoua la tête, en essayant de retrouver la voix.

– Je ferais n'importe quoi pour cet homme, dit Jerry.

– Parle-moi un peu de lui, bégaya-t-elle, encore stupéfaite.

Il lui raconta tout – le sauvetage miraculeux du Saint, la discussion qui s'en était suivie, la persuasion dont il avait fait preuve, l'accord qu'ils avaient passé.

Il lui parla aussi de Hayn. Mais bien que son récit fût le plus complet, il ne comprenait pas les agissements particuliers de la maison Laserre. Le Saint n'estimait pas nécessaire de tout raconter à tout le monde et Hayn lui-même avait ses secrets.

La jeune fille fut stupéfaite et choquée d'apprendre ce que la vie de Stannard avait été et ce qu'elle eût pu être. Mais toutes ses émotions furent rapidement submergées par la puissante vague de soulagement qui s'abattit sur elle lorsqu'elle apprit que Stannard avait donné sa parole de rompre avec ce passé et qu'il travaillait désormais aux côtés de celui qui avait ranimé son sens de l'honneur – même si cet honneur passait par des chemins tortueux qui s'éloignaient parfois de la plus stricte des légalités.

– Je reconnais que, dans un sens, c'est un peu tordu, admit Stannard. Ils sont sur le point d'envoyer Hayn et sa bande en prison mais avant, ils vont les rouler au nom de la charité. Je ne sais pas comment ils vont s'y prendre. D'un autre côté, pourtant, l'argent qu'ils ont repris à Hayn correspond exactement à ce que j'ai perdu dans son sale club.

– Mais pourquoi Hayn t'a-t-il laissé jouer s'il savait que tu n'avais plus d'argent à perdre ?

Stannard fit une grimace.

– Il voulait me forcer à rallier sa bande. Ce que j'ai fait mais parce que Templar m'a dit d'accepter tout ce qui amènerait Hayn à me donner ce chèque de trois mille livres.

Elle digéra l'information avec stupéfaction. La découverte de l'entreprise dans laquelle Jerry Stannard était complice du Saint ne la choquait pas. Selon une logique toute féminine, elle ne voyait que la culpabilité de Hayn et l'incontestable justice de son châtiment. Une seule chose l'effrayait.

– Si on t'attrape...

– Je n'aurai pas d'histoires, fit Jerry. Templar me l'a promis et il est le genre d'homme auquel on peut faire confiance. Je n'ai rien eu à faire de criminel. Et tout sera fini dans un jour ou deux. Templar m'a téléphoné la nuit dernière.

– Pourquoi ?

– Il n'a pas voulu me le dire. Il m'a simplement dit d'aller au *Splendid* à onze heures et d'y attendre un certain Tremayne, susceptible d'arriver n'importe quand à partir de une heure. C'est lui qui me dira le reste. Tremayne est un homme de Templar.

Gwen se souvint alors du comportement étrange de Hayn l'autre matin. Le paquet qu'elle avait rapporté de chez Laserre était toujours intact sur sa coiffeuse.

Jerry se montra très intéressé par son récit. Les liens de Hayn avec Laserre, ainsi que nous l'avons précisé, lui étaient inconnus. Mais cette histoire ne l'avançait à rien.

– Il doit en pincer pour toi, conclut-il. C'est exactement la façon dont un type comme lui agirait. J'en parlerai à Templar quand je le verrai.

Il quitta la salle à manger dès qu'il eut fini son petit déjeuner et revint aussitôt, chapeau en main.

– Je dois partir, fit-il en la prenant dans ses bras. Mais ne t'inquiète pas, Gwen chérie. Avec un peu de chance, tout sera bientôt terminé et nous pourrons oublier toute cette histoire. Je reviendrai dès que possible.

Elle l'embrassa.

– Dieu te protège. Et fais attention, mon amour !

Il l'embrassa encore et sortit en chantant joyeusement. Ce matin-là, le monde était merveilleux pour Jerry Stannard.

Mais la jeune fille écouta le joyeux claquement de porte le front soucieux. Des doutes l'assaillaient. A la façon optimiste dont Jerry lui avait présenté les événements, tout avait paru si facile. Mais repassée à tête reposée, l'histoire présentait un nombre impressionnant de dangers et de difficultés.

Elle aurait préféré, pour tous deux, qu'il passât la journée avec elle. Ses craintes se révélèrent rapidement justifiées.

Une demi-heure après le départ de Jerry, elle avait débarrassé la table du petit déjeuner et fait la vaisselle puis se préparait pour sortir lorsque la sonnerie de l'entrée retentit.

Elle ouvrit. Lorsqu'elle découvrit Edgar Hayn sur le seuil, après ce que Jerry lui avait raconté, elle s'apprêta à lui claquer la porte au nez mais l'homme pénétra chez elle avant qu'elle n'ait le temps de reprendre ses esprits.

Il se dirigea directement au salon et elle le suivit avec un mélange de peur et de colère. Puis elle s'aperçut qu'il avait des cernes sous les yeux et que son expression était hagarde.

– Que signifie cela ? demanda-t-elle froidement.

– La police, fit-il d'une voix sourde. Ils sont à mes trousses – et aux vôtres. Je suis venu vous prévenir.

– Pourquoi en auraient-ils après moi ? demanda-t-elle, déconcertée.

Il était dans un état de nerfs indescriptible. Ses mains trituraient nerveusement son parapluie. Il reprit la parole sans croiser son regard.

– La drogue ! s'exclama-t-il brusquement. Des drogues illégales. Cocaïne. Vous comprenez ce que je dis ! Autant que vous le sachiez maintenant. Nous sommes dans la même galère. Ils me surveillaient. Ils m'ont vu avec vous l'autre jour et ils vous ont suivie.

– Mais... comment le savez-vous ?

– J'ai des amis à Scotland Yard, jeta Hayn d'un ton cassant. C'est indispensable. Les policiers ne sont pas incorruptibles, vous savez. Mais mon informateur m'a fait faux bond. Je n'ai eu le tuyau qu'au dernier moment. Ils vont faire une descente et perquisitionner ici ce matin.

Un ouragan bouleversait son cerveau mais Gwen s'accrocha au seul fait concret dont elle disposait.

– Il n'y a rien à trouver !

– Détrompez-vous ! s'exclama Hayn. Ces cadeaux que je vous ai offerts – une de nos autres boîtes s'y est trouvée mêlée. Je viens juste de le découvrir. C'est pourquoi je suis là. Il y a deux cents grammes de cocaïne dans votre appartement !

Elle recula, les yeux écarquillés d'horreur. Son cœur battait à tout rompre. C'était impossible, absurde... Et pourtant, cela ne faisait que confirmer ce que Jerry lui avait dit. Elle se demanda désespérément si l'excuse de l'ignorance convaincrait un jury. Hayn dut saisir sa pensée et la balaya d'un geste vif.

– Vous êtes au courant de la vie que mène Jerry, fit-il. Personne ne croira que vous n'êtes pas complices !

Il regarda par la fenêtre. Elle ne put s'empêcher de l'imiter et elle arriva juste à temps pour apercevoir deux hommes de forte carrure en chapeau melon pénétrer dans la maison.

– Les voilà ! s'exclama Hayn dans un souffle. Il reste peut-être une chance. J'ai reconnu l'un d'eux, c'est un de mes amis. Je devrais pouvoir le convaincre...

Dehors, la sonnerie retentit.

Hayn écrivait quelques mots sur une carte.

– Prenez ça, murmura-t-il. Ma voiture est dehors. Si je peux les éloigner de vous un moment, filez dehors et montrez cette carte à mon chauffeur. Je possède une maison à Hurley. Il vous y conduira. Je vous rejoindrai plus tard et nous verrons comment vous faire quitter le pays, vous et Jerry.

La sonnerie retentit de nouveau, cette fois plus pressante. Hayn fourra le carton dans les mains de la jeune fille.

– Pourquoi hésitez-vous ? gronda-t-il. Vous tenez vraiment à comparaître au banc des accusés du tribunal de Londres avec votre ami ?

A peine consciente de ce qu'elle faisait, Gwen glissa la carte dans son sac.

– Allez ouvrir, lui intima Hayn, ou sinon ils vont défoncer la porte.

Il n'avait pas fini sa phrase qu'un coup de sonnette encore plus insistant se faisait entendre et l'appartement résonna des coups vigoureux et impatients frappés contre la porte.

La jeune fille obéit tout en réfléchissant à vive allure. Jerry – ou son chef, Templar – auraient su comment se tirer de cette impasse. Mais pour l'instant, il ne faisait aucun doute que le plan de Hayn était le seul possible. Son unique objectif était de rester hors des mains de la police tant qu'elle n'était pas sûre que Jerry fût en sécurité et qu'ils n'avaient pas trouvé le moyen de se tirer du piège dans lequel les avait fourrés Hayn.

Les deux armoires à glace s'engouffrèrent dès qu'elle leur eut ouvert la porte.

– Je suis l'inspecteur Baker, de Scotland Yard, se présenta officiellement l'un d'entre eux. J'ai un mandat de perquisition. Vous êtes inculpée de recel de drogue.

L'autre homme la prit par le bras et la conduisit au salon. Hayn s'avança au-devant d'eux les sourcils froncés.

– Je proteste, s'éleva-t-il fermement. Miss Chandler est l'une de mes amies.

– Pas de chance pour vous, répondit sèchement celui qui tenait Gwen.

– Je vais en parler à Baker, menaça vivement Hayn.

Baker pénétrait à cet instant dans la pièce.

Il portait une petite boîte cartonnée.

« Poudre Laserre » proclamait l'étiquette, mais le contenu était blanc et cristallin.

– Je crois que nous avons trouvé ce que nous cherchions, fit Baker en se dirigeant vers Gwen. Je vous arrête pour...

Hayn s'interposa entre eux.

– J'aimerais d'abord vous dire un mot, fit-il tranquillement.

Baker haussa les épaules.

– Si vous avez du temps à perdre...

– Je prends le risque, le coupa Hayn. En privé, je vous prie.

Baker balança son pouce vers son adjoint.

– Emmène Chandler dans la pièce à côté, Jones.

– Jones ferait mieux de rester, interrompit Hayn. Ce que j'ai à dire le concerne également. Vous pouvez laisser miss Chandler seule un instant, je vous garantis qu'elle ne tentera rien pour s'échapper.

Une discussion s'ensuivit à l'issue de laquelle Baker finit par accepter. Hayn ouvrit la porte devant la jeune fille et lui adressa un imperceptible hochement de tête lorsqu'elle passa devant lui. Elle se précipita dans sa chambre et décrocha le téléphone. Il lui sembla qu'il fallait une éternité au serveur du *Splendid* pour trouver Jerry. Lorsqu'il répondit enfin, elle lui raconta ce qui s'était passé.

– Je vais chez Hayn, dans sa propriété de Hurley, souffla-t-elle. C'est le seul moyen de leur échapper pour l'instant. Mais dis-le à Tremayne lorsqu'il arrivera. Tâche de joindre Templar et faites quelque chose, vite !

Il allait lui répondre, poser des questions mais n'en eut pas le temps. Elle venait de raccrocher. Elle n'avait aucune idée des moyens de pression dont Hayn disposait ni aucune idée du temps que pouvaient prendre ses négociations avec les agents, aussi devait-elle se hâter.

Elle traversa l'entrée sur la pointe des pieds et ouvrit doucement la porte.

De la fenêtre, Hayn, Baker et Jones la regardèrent traverser la rue et monter dans la voiture.

– Joli morceau, chef, fit Baker avec envie.

– Parfaitement d'accord avec toi, répliqua sèchement Hayn. Bon, ça a marché à la perfection. Tant mieux. Si j'avais tout simplement tenté de l'enlever, elle nous aurait causé deux fois plus d'embêtements.

Telles que les choses se sont déroulées, elle sera trop heureuse d'obéir à mes ordres.

Dicky Tremayne arriva deux minutes après que la voiture de Hayn fut partie. Il aurait dû être là plus d'une heure auparavant mais le sort s'était acharné contre lui pour déjouer un des plans les mieux ficelés du Saint. Un bus avait d'abord embouti sa voiture sur Park Lane, un agent de police l'avait ensuite interminablement retenu, les dispositions pour faire enlever ce qui restait de son véhicule l'avaient bloqué encore plus longtemps et lorsque enfin il avait pu sauter dans un taxi, une série d'embouteillages l'avait coincé pratiquement à chaque carrefour.

Il ne pouvait à présent compter que sur lui-même.

Après une seconde d'hésitation, Tremayne réalisa qu'il n'y avait qu'une seule chose à tenter. Si Hayn et ses hommes étaient déjà dans l'appartement, il n'avait qu'à foncer et à compter sur sa chance. S'ils n'étaient pas encore arrivés, tout irait bien.

Il pénétra vivement dans l'immeuble et tandis qu'il grimpait l'escalier, il rencontra Hayn et ses hommes qui descendaient. Il n'avait pas le temps de réfléchir ou de prévoir une ruse.

– Mais voilà les oiseaux que je cherchais ! s'exclama-t-il sur le ton de la conversation tout en leur barrant adroitement le passage. Inspecteur Hancock, de Scotland Yard, et je vous arrête pour...

Le coup de poing de Hayn l'empêcha de poursuivre. Tremayne esquiva le coup et, la seconde suivante, brandissait son automatique.

– Remontez jusqu'à l'appartement que vous venez de quitter, ordonna-t-il.

Sous la menace de son arme, les trois hommes reculèrent. Ils s'arrêtèrent devant la porte de l'appartement de Gwen Chandler et Tremayne demanda à Hayn de sonner. Ils attendirent.

– On dirait qu'il n'y a pas de réponse, fit Hayn avec un sourire sardonique.

– Sonne encore, lui intima Tremayne, imperturbable.

Une autre minute s'écoula.

– Il n'y a personne, remarqua Hayn, faussement déçu. Quel dommage !

Le regard de Tremayne se rétrécit sur Hayn. Quelque chose dans le ton sarcastique de sa voix...

– Espèce de salaud ! siffla Tremayne entre ses dents. Qu'as-tu fait d'elle ?

– De qui ? s'enquit Hayn, mielleux.

– De Gwen Chandler !

Au moment où il prononçait son nom, Tremayne se rendit compte de son erreur. Il aurait préféré se mordre la langue et maudit l'impétuosité funeste et inconsidérée qui le trahissait toujours. Il vit Hayn se raidir et comprit qu'il était inutile de bluffer davantage.

– Alors comme ça, vous êtes un Saint ! fit Hayn doucement.

– Oui ! lâcha Tremayne, provocant. Et si les espèces de vermines que vous êtes ne veulent pas être criblées de trous...

Concentré sur leur chef, il n'avait pas remarqué que les deux hommes s'étaient lentement approchés. Une main s'empara tout à coup de son arme et lui tordit le bras... Au moment où Dicky Tremayne envoyait son poing dans la mâchoire de son agresseur, Hayn se glissait derrière lui et lui assenait sur la nuque un coup sec de sa matraque en caoutchouc...

12

Jerry Stannard ne comprit jamais par quel miracle il fut capable de tenir jusqu'à une heure. Encore moins comment il patienta durant la demi-heure suivante, délai de grâce qu'il accorda à Dicky Tremayne. Aucun autre homme au monde que Simon Templar ne lui aurait inspiré une loyauté aussi aveugle. Le Saint œuvrait à l'un de ses stratagèmes secrets, se défendit Stannard, et les raisons pour lesquelles il devait rencontrer Tremayne faisaient partie de sa tactique. Il ne lui appartenait pas de les juger. De toute manière, si Gwen était partie juste après lui avoir téléphoné, il n'avait plus le temps d'arriver à son appartement à temps et s'il y allait tout de même, il tomberait dans le piège de la police auquel elle essayait de le faire échapper.

Tout devenait clair à présent – l'histoire que Gwen lui avait racontée sur sa rencontre avec Hayn chez Laserre, ce que Stannard savait lui-même de Hayn, sans compter ce dont il se doutait – et les conclusions qu'une imagination même débile aurait pu en tirer étaient effrayantes.

Lorsqu'une heure et demie arriva et qu'il n'avait toujours aucun signe de Tremayne, le suspense devint intolérable. N'y tenant plus, Stannard se dirigea vers le téléphone et fouilla Londres, sans succès, à la recherche de Simon Templar. Il n'apprit rien d'aucun des clubs, hôtels ou restaurants qu'il aurait pu fréquenter. Il n'eut pas plus de résultats avec son appartement. Comme pour Dick Tremayne – Stannard ne le connaissait même pas de vue –, on lui dit simplement de laisser sa carte à un chasseur et que son message une fois transmis, Tremayne se chargerait de le joindre.

Lorsqu'il abandonna ses recherches, il était deux heures passées et Tremayne n'était toujours pas là. Stannard tenta encore de joindre Gwen à son appartement mais après une interminable série de sonneries, le central téléphonique l'informa de « l'absence de l'abonné au numéro demandé »...

Jerry Stannard se ressaisit. Cette situation critique avait peut-être pour but de lui forger le caractère. Elle constituait peut-être la touche finale du processus de rédemption qu'avait amorcé le Saint, car Stannard n'avait jamais été un homme d'action. Il n'avait pas menti en affirmant à Templar que sa principale faiblesse était un manque de « tripes ». Mais maintenant, il devait agir. Il ne savait presque rien de Hayn mais ce qu'il savait lui suffisait pour ne pas vouloir laisser Gwen Chandler aux prises avec cet homme lunatique plus longtemps qu'il n'était absolument nécessaire. Si quoi que ce soit devait être entrepris, Stannard ne pouvait désormais compter que sur lui-même.

Débordant d'une énergie rageuse, il téléphona à un garage où on le connaissait. En attendant la voiture qu'il avait commandée, il rédigea un mot à l'intention de Tremayne dans lequel il décrivait tous les événements de la matinée et exposait ses desseins. C'était du temps perdu mais il n'avait alors aucun moyen de le savoir.

Lorsque la voiture arriva, il renvoya le chauffeur qui l'avait amené et s'élança en direction de Hurley.

Il savait comment tirer le meilleur parti d'une automobile – c'était même l'un de ses quelques talents réellement utiles. Et il lança la Buick en direction de l'ouest, le pied coincé sur l'accélérateur durant la majeure partie du trajet.

Même à cette allure, il était presque cinq heures lorsqu'il atteignit son but et réalisa les difficultés qui l'y attendaient. Hurley se composait de nombreuses habitations et il n'avait aucune idée de celle qui appartenait à Hayn. Pas plus que la poste ou le commissariat le plus proche interrogés à leur tour.

Stannard, dans ces conditions, n'osa pas pousser son enquête trop loin. Le seul espoir qui lui restait était de glaner quelques informations des villageois car il était forcé de conclure que Hayn avait établi sa villégiature sous un autre nom. Avec ce maigre espoir, il se dirigea vers le *Bell* où la plus inespérée des chances l'attendait.

Comme il se garait devant la porte, un homme surgit à sa rencontre et l'interpella.

– Grâce à Dieu, vous voilà ! s'exclama Roger Conway sans préambule. Venez, nous allons prendre un verre.

– Qui êtes-vous ? s'enquit un Jerry Stannard stupéfié d'être ainsi reconnu.

– Vous ne me connaissez pas, mais moi, si, répondit l'homme. Je suis, disons, l'une des auréoles du Saint.

Il écouta l'histoire de Stannard la mine grave.

– Il y a eu un accroc quelque part, conclut-il lorsque Jerry eut terminé son récit. Le Saint vous a laissé dans l'obscurité parce qu'il craignait que votre indignation naturelle ne s'emballe avec vous. Hayn avait des vues sur votre fiancée – vous auriez dû vous en douter. Le Saint a fauché une lettre de Hayn à Chastel – un de ses hommes à l'étranger – dans laquelle, entre autres choses, Edgar lui indiquait son plan pour enlever Gwen. J'imagine qu'il cherchait des félicitations pour son ingéniosité. L'idée forte était de refiler de la cocaïne à Gwen sous le prétexte d'une boîte de poudre de riz de chez Laserre offerte en cadeau, d'inventer ensuite une descente de police et de prétendre soudoyer la police pour elle. Une fois convaincue que la police était à vos trousses et aux siennes – Hayn comptait sur l'angoisse qu'elle aurait de vous savoir également impliqué –, il pensait pouvoir l'amener à le suivre sans aucune difficulté.

– Et le Saint n'a rien fait pour l'empêcher ? demanda Jerry, livide.

– Hé, une minute ! le coupa Conway. Le Saint ne pouvait s'en charger lui-même, il avait d'autres choses à régler, mais il a mis Tremayne sur le coup, l'homme que vous étiez censé rencontrer au *Splendid*. Tremayne devait prendre Gwen avant l'arrivée de Hayn et la mettre au courant – nous supposions que vous ne lui auriez rien dit – et l'amener avec lui au *Splendid* où ils devaient vous rejoindre. Vous deux étiez alors censés conduire Gwen en voiture jusqu'au bungalow du Saint à Maidenhead et rester là jusqu'à ce que tout danger soit écarté.

En l'écoutant, le garçon s'était mis à se ronger les ongles. Il avait eu le temps de réfléchir à la situation sur le trajet et l'histoire de Conway ne faisait que confirmer ses déductions. Les perspectives qui s'ouvraient devant lui étaient effroyables.

– Qu'est-ce que faisait le Saint durant tout ce temps ?

– C'est une autre et longue histoire, le prévint

Conway. Il a obtenu un chèque à cinq chiffres de Hayn et cela n'a fait qu'accroître les risques. Il n'y avait qu'une façon de s'en sortir.

Roger Conway décrivit brièvement la supercherie des quatre chérubins et leur visite dans le bureau de Hayn.

– Simon comptait sur la découverte du pot aux roses pour convaincre Hayn que tout son gang n'était qu'un bluff et qu'il n'avait que le Saint contre lui. Comme ça, il n'aurait aucune inquiétude à appliquer son plan contre Gwen, même sachant que le Saint était au courant, parce que le Saint serait de toute manière mis hors d'état de nuire. Quoi qu'il en soit, Hayn avait le choix entre se débarrasser du Saint ou aller en prison. Il était facile de deviner ce qu'il tenterait en premier. Le Saint avait calculé que Hayn ne se risquerait pas à un simple assassinat, parce qu'il n'a aucun intérêt à être poursuivi pour meurtre en plus des autres chefs d'accusation. Il y aurait meurtre, bien sûr, mais celui-ci devait être soigneusement préparé. Alors le Saint a deviné qu'il serait d'abord enlevé puis conduit dans un endroit tranquille où l'on se débarrasserait ensuite de lui. Il a décidé de se prêter à ce scénario parce que si Hayn était arrêté, son chèque serait automatiquement bloqué. Hayn devait donc être occupé jusqu'à demain matin. La nuit dernière, j'étais chargé de surveiller l'entrée de l'appartement du Saint de ma voiture, en cas d'accident. Le Saint avait l'intention de se défendre. Mais ils ont fini par l'avoir – je les ai vus le conduire jusqu'à la voiture qui les attendait – et je les ai suivis jusqu'ici. Tremayne devait attendre mon appel au *Splendid* à deux heures. J'ai essayé de le joindre, vous aussi et en interurbain, ça coûte une petite fortune. Je n'ai pas osé retourner à Londres pour ne pas abandonner le Saint. C'est pourquoi je suis sacrément heureux de vous voir débarquer ici.

– Pourquoi n'avez-vous pas prévenu la police ?

– Simon ne me le pardonnerait jamais. Il a l'intention de faire du Saint la terreur du milieu et il n'y arrivera pas en fournissant simplement des informations à Scotland Yard. Le but du gang est de punir les malfrats dans leur endroit le plus sensible avant de les livrer à la justice du Royaume et notre succès sur Hayn dépend de notre capacité à transférer la majeure partie de ses fonds aux œuvres de charité. C'est un risque énorme, je le sais, et le Saint est peut-être déjà mort à l'heure qu'il est. Mais il savait ce qu'il faisait. Nous avons reçu l'ordre de ne pas intervenir et dans cette histoire, le chef, c'est le Saint.

Stannard jaillit de son siège.

– Mais Gwen est entre les mains de Hayn ! lâcha-t-il presque dans un sanglot. Roger, nous ne pouvons pas perdre de temps alors que Gwen...

– Il n'est pas question que nous attendions plus longtemps, répliqua Roger posément.

Sa poigne ferme s'abattit sur le bras de Jerry Stannard et le jeune homme se calma. Conway le conduisit jusqu'à la fenêtre du fumoir et pointa du doigt.

– D'ici, on peut voir le toit de la maison, fit-il. Depuis la nuit dernière, Hayn est retourné à Londres et sa voiture est revenue il y a à peu près deux heures. Je n'ai pas pu voir qui s'y trouvait, ça devait être Gwen. Maintenant...

Il s'interrompit brusquement. Dans le silence, ils entendirent le vrombissement d'une voiture puissante approcher. Puis la voiture apparut et passa devant eux à toute allure mais pas assez vite pour que Roger Conway ne puisse reconnaître les hommes qui s'y trouvaient.

– Hayn et Braddon à l'arrière avec Dicky Tremayne entre eux ! s'exclama-t-il, tendu.

Il rattrapa Stannard par le bras juste au moment où le garçon se précipitait, tête baissée.

– Où diable allez-vous comme ça ? s'écria-t-il. Vous voulez foncer dans le tas et vous faire attraper par Hayn, vous aussi ?

– Nous n'avons pas de temps à perdre ! répliqua Stannard, le souffle court, en luttant pour se dégager.

Conway le jeta brutalement sur une chaise et se pencha sur lui. Entre ses mains, le jeune homme était aussi faible et désemparé qu'un enfant.

– Gardez la tête froide et écoutez-moi ! lui ordonna sèchement Conway. Nous allons prendre un autre verre et envisager la question rationnellement. Et je vais m'assurer que vous avaliez deux ou trois sandwiches avant d'entreprendre quoi que ce soit. Vous paniquez depuis des heures, l'estomac vide, et vous êtes complètement hors de vous. Je veux pouvoir compter sur vous.

– Si nous prévenons la police...

– Certainement pas !

La réponse de Roger Conway avait jailli spontanément. Il n'était pas le bras droit du Saint pour rien. Il avait appris le secret du parfait lieutenant, secret qui consiste, en cas d'urgence, à deviner immédiatement ce que votre supérieur aurait souhaité vous voir faire. Il ne servait à rien de s'escrimer sur les raisons, dépassées, qui avaient conduit à cette situation –

l'urgence devait être traitée sans attendre et d'une manière qui s'imbriquerait parfaitement au plan de campagne général élaboré par le Saint.

– La police sera notre dernier recours, déclara fermement Conway. Nous verrons bien si nous ne pouvons pas nous en sortir seuls. Laissez-moi m'en charger.

Il commanda deux bons verres de whisky et une pile de sandwiches et avant qu'on ne leur apporte, écrivit une lettre qu'il cacheta soigneusement. Puis il partit en quête du propriétaire dont il fit rapidement la connaissance et lui confia son courrier.

– Si je ne viens pas vous la réclamer dans deux heures, déclara-t-il, solennel, je vous demande de l'ouvrir et de téléphoner son contenu à Scotland Yard. Me rendrez-vous ce qui est pour moi un immense service, et sans poser de questions ?

Bien que légèrement perplexe, le propriétaire accepta.

– C'est une plaisanterie ? s'informa-t-il avec bonne humeur.

– Ça pourrait en devenir une, répondit Roger Conway. Mais je vous donne ma parole d'honneur que si je ne suis pas de retour à huit heures et que ce message n'est pas ouvert et transmis ponctuellement, les conséquences pourraient inclure quelques-unes des choses les moins drôles qui se soient jamais produites !

13

Le Saint s'était endormi. Aussitôt parvenu à la maison de Hurley (il savait qu'il s'agissait de Hurley parce qu'il avait emprunté cette route de nombreuses fois au cours de nombreux étés), il avait été jeté dans une chambre chichement meublée. Livré à lui-même, il s'était trouvé libre d'agir à sa guise. Les cordes qui liaient ses poignets n'ayant pas été ôtées, ses mouvements restaient toutefois limités.

Une petite inspection des lieux lui avait appris que, les circonstances étant ce qu'elles étaient, il devait se considérer bel et bien prisonnier. La fenêtre, en plus d'être pourvue de volets clos, était soigneusement barricadée. La porte, en chêne, était d'une épaisseur de huit centimètres et la clé, après avoir rempli son office, avait été prudemment ôtée de la serrure. Pour seules armes, en vue d'attaquer la porte ou la fenêtre, il avait le choix entre une table légère, une chaise de bois ou un lit de camp. Le Saint se serait servi de n'importe lequel d'entre eux, après avoir coupé ses liens – parce que ses ravisseurs avaient négligé, dans la fouille à laquelle ils l'avaient soumis, le petit couteau fixé à sa jambe sous sa chaussette –, mais il estima que l'heure de résolutions aussi drastiques n'avait pas encore sonné. Et puis il était fatigué. Il prévoyait des moments exténuants et il était partisan d'une gestion rigoureuse de ses forces. En conséquence de quoi, il s'était installé sur le lit pour une nuit de repos, dans une position aussi confortable que le lui avaient permis ses mains liées derrière le dos. Il ne lui avait pas fallu longtemps pour sombrer dans un sommeil tranquille.

Lorsque le bruit de la porte le réveilla, les faibles lueurs du jour filtraient par les interstices des volets clos. Il se retourna, ouvrit un œil et vit deux hommes pénétrer dans la pièce. L'un portait un plateau de nourriture et l'autre une matraque. Cette marque du respect qu'il inspirait au gang, même ficelé et impuissant, fournit au Saint une source infinie d'amusement.

– Comme c'est gentil à vous, fit-il, et il était sincère car une telle considération était pour le moins inattendue et il se sentait affamé. Mais, chers anges miséricordieux, poursuivit-il, je ne peux manger comme ça.

Ils l'assirent sur la chaise, l'y attachèrent par les chevilles et délièrent enfin ses poignets. Le Saint put étirer ses bras engourdis. Ils le regardèrent manger, debout près de la porte et les commentaires enthousiastes avec lesquels il chercha à égayer les plats restèrent sans réponse. Seule sa requête de savoir l'heure provoqua l'information revêche qu'il était plus d'une heure.

Lorsqu'il eut terminé, l'un des hommes lui lia de nouveau les mains tandis que l'autre se tenait à côté, son gourdin prêt à s'abattre à la moindre tentative de fuite. Puis ils détachèrent ses chevilles et l'abandonnèrent, emportant le plateau avec eux.

Ceux qui l'avaient fouillé lui avaient également laissé son étui à cigarettes et ses allumettes et, avec quelque agilité et une succession de contorsions extraordinaires, le Saint réussit à en prendre une entre ses lèvres et à l'allumer. Ce tour de force de jonglerie désarticulé le divertit environ vingt minutes. Mais au cours de l'après-midi, il eut le loisir de développer une dextérité positivement brillante en la matière. Il n'avait rien d'autre à faire.

Son principal sentiment était l'ennui et il cessa rapidement de trouver un quelconque plaisir à se demander comment Dicky Tremayne s'était sorti de sa mission à Bayswater. A cinq heures, après avoir imaginé dix-sept méthodes originales et infaillibles d'escroquer les escrocs sans franchir les limites de la légalité, il bâillait presque sans arrêt. Cet exercice, comme tous ceux d'ingéniosité similaires auxquels il s'était adonné, ne présentait plus aucun attrait.

Il aurait été beaucoup plus à l'aise si ses mains n'avaient pas été liées mais il décida de ne pas se libérer avant d'avoir une bonne raison de le faire. Le Saint n'ignorait pas l'avantage tactique de garder une carte dans sa manche.

La pièce, qui ne possédait aucun moyen d'aération visible, devenait de plus en plus chaude et étouffante et les cigarettes qu'il fumait n'arrangeaient pas les choses. Il se résigna donc, à regret, à abandonner ce plaisir et se recoucha. Quelques instants plus tôt, il avait entendu une voiture vrombir sur le chemin et il attendait vaguement mais avec plaisir le retour de Hayn et le renouveau d'intérêt que sa visite ne manquerait pas d'apporter avec elle. La lourdeur de l'atmosphère ne contribuait hélas pas à la vivacité d'esprit et le Saint se laissa aller à la somnolence qui l'envahissait...

Pour la seconde fois, ce fut le bruit de la porte qui le réveilla et il ouvrit les yeux en soupirant.

Edgar Hayn entrait dans la pièce. Physiquement, il

était en pire état que le Saint. Il n'avait pas dormi depuis le vendredi soir et son esprit avait connu encore moins de repos. Sa fatigue se lisait à la pâleur de son visage et à l'aspect de ses yeux, bouffis comme s'ils étaient au beurre noir. Il affichait pourtant l'air d'un homme qui se sent maître de la situation.

– B'soir, murmura Simon poliment.

Hayn avança jusqu'au bord du lit, ses lèvres étirées sur un sourire désagréable.

– Alors, toujours aussi prétentieux, Templar ? demanda-t-il.

– Ne m'en veux pas, répondit le Saint d'un ton engageant, j'économise l'amour que tu m'inspires.

L'homme responsable de la matraque au déjeuner se tenait dans l'encadrement de la porte. Hayn s'écarta et lui fit signe d'entrer.

– Il y a quelques amis à toi en bas, fit Hayn. J'aimerais vous réunir.

– Je serais ravi de t'obliger – comme l'actrice dirait à l'évêque, répliqua le Saint.

Il se demandait à qui Hayn faisait allusion mais il ne montra rien du frisson d'inquiétude glacée qui le traversa brièvement.

Il n'allait pas rester longtemps dans l'obscurité.

Le chargé de matraque le mit sur ses pieds sans ménagement et l'escorta dans le couloir et l'escalier qui menait au rez-de-chaussée. Hayn fermait la marche. Dans le hall, une porte était entrebâillée et le murmure de voix qui leur parvenait se tut à leur approche. La porte s'ouvrit largement et le Saint fut propulsé à l'intérieur.

Gwen Chandler se trouvait là – ce fut elle qu'il vit

en premier. Il y avait aussi trois hommes qu'il connaissait. L'un d'entre eux était l'échevelé Dick Tremayne.

Hayn referma la porte et avança au centre de la pièce.

– Alors, Templar, qu'en dis-tu ? lança-t-il.

– En effet, que dire ? répondit le Saint en écho.

Il contempla l'assemblée d'un regard nonchalant.

– Bonsoir, Herr Braddon, murmura-t-il. Salut, le Serpent... Seigneur Dieu, Serpent ! qu'est-il arrivé à ton visage ?

– Qu'est-ce qu'il a, mon visage ? grogna Ganning.

– Tout, mon chéri, répondit le Saint d'une voix traînante. Mais j'avais oublié. Tu es né comme ça.

Ganning s'approcha, les yeux crispés de fureur.

– Je te dois quelque chose, grogna-t-il, et il se jeta sur lui, les deux poings en avant.

Le Saint évita l'attaque et répondit par un violent coup de pied dans les tibias du Serpent. Braddon avança la jambe et fit un croche-patte à Templar. Au moment où Simon s'écroulait, Ganning lui décocha deux coups de pied.

– Ça ira pour l'instant, intervint enfin Hayn.

Il prit Templar par le col et le tira brutalement pour l'asseoir sur une chaise.

– Espèces d'immondes taches ! lâcha Tremayne, sa veine au milieu du front gonflée de fureur. Espèces de verrues, de sales vermines rampantes...

Ce fut Braddon qui le fit taire, d'une paire de claques vicieuse du dos de la main sur les lèvres. Dick Tremayne, pieds et poings liés, se débattait, impuissant, contre les cordes dont il ne pouvait se débarrasser.

– Nous allons écouter le petit discours de Hayn,

interrompit Simon. Tais-toi, Dicky ! Nous pouvons supporter ce genre de chose mais ça n'est pas très courtois de les imposer à Gwen !

Il leva les yeux vers la jeune fille qui se débattait en sanglotant dans les bras de Hayn.

– Tout ira bien, Gwen, l'encouragea le Saint. Souriez, pour l'amour de Jerry. On se fiche de ce que peuvent faire ces ordures. Ne leur montrez pas qu'ils peuvent vous blesser !

Hayn passa la jeune fille à Braddon et à Ganning et avança vers la chaise du Saint.

– Je vais te poser une ou deux questions, Templar, fit-il d'une voix menaçante. Si tu ne veux pas que le Serpent te fiche une autre raclée, tu as intérêt à dire la vérité.

– Avec plaisir, répondit le Saint brièvement. J'avoue que George Washington était l'idole de mon enfance.

Tous ses plans avaient subi un brusque revers. Gwen Chandler avait été prise, tout comme Dick. Leur seul espoir était Roger Conway – et combien de temps lui faudrait-il avant de découvrir le désastre et se mettre en route ?... Le Saint prit alors sa décision.

– Combien êtes-vous ?

– Soixante-seize, répondit Simon.

Il n'y avait personne derrière lui. Ses jambes étaient bien en arrière sous la chaise. Ses bras étaient également dans son dos et il entreprit de faire glisser Anna hors de son étui.

– Economise ta salive, poursuivit-il. Je vais te dire quelque chose, vieux. Tu ne t'en sortiras jamais. Tu crois que tu vas découvrir toute mon organisation, les plans que j'ai dressés, ce que j'ai monté pour informer la police. Et que tu agiras en conséquence. Laisse-moi rire !

– Rira bien qui rira le dernier, répliqua Hayn.

– Tu as moins de cervelle qu'un cafard atteint de la maladie du sommeil, poursuivit le Saint sur le même ton égal. Tu crois sans doute que je suis né d'hier ! Ecoute, mon cœur. J'ai posté la nuit dernière une petite histoire à l'intention de l'inspecteur Teal. Il la recevra lundi matin. Cette lettre est partie maintenant – et rien ne pourra l'arrêter – et la lettre à ton ami Henri que j'ai mise avec convaincra les flics de prendre très au sérieux le reste de mes révélations. Tu n'as pas la moindre chance, Edgarvitch !

Hayn recula, comme frappé par la foudre. Son visage était affreusement gris. Le Saint n'avait pas imaginé un seul instant que ses paroles provoqueraient une telle réaction.

– Je t'avais dit qu'il vendrait la mèche ! hurlait Braddon. Espèce d'idiot, je te l'avais dit !

– Je l'ai prévenu, moi aussi, renchérit le Saint. Oh, Edgar, pourquoi n'as-tu pas cru oncle Simon ?

Hayn se redressa, les yeux flamboyants.

– Calme-toi, idiot ! intima-t-il avec dureté. Tout est prévu, c'est pour ça que nous avons les aéroplanes. Nous partons ce soir et Teal pourra nous chercher aussi longtemps qu'il voudra.

Il se tourna vers le Saint.

– Tu nous accompagnes – toi et ton ami. Vous ne serez pas attachés. Quelque part au milieu de la Manche nous ferons un looping, et hop ! Tu comprends, Templar... Tu as détruit des années de travail et je vais te le faire payer ! Je suis obligé de m'enfuir, mais dans quelque temps, je reviendrai pour un nouveau départ. Alors que toi...

– Je m'envolerai au paradis, une auréole autour de la tête, murmura le Saint. Quelle délicieuse perspective !

Tout en parlant, il sentait son petit couteau mordre les cordes de ses poignets.

– Nous avons tout perdu, bredouillait Braddon.

– Votre liberté comprise, ajouta le Saint doucement tandis que le couteau s'enfonçait dans les cordes comme un fil métallique dans une motte de beurre.

Ils avaient tous les yeux fixés sur lui. Quelque chose dans la façon dont il avait prononcé ces trois mots, dans son attitude fière et résolue, dans la puissance étrange qui émanait de lui, les tenait envoûtés. Lié et à leur merci – du moins en étaient-ils convaincus –, désarmé comme il l'était, le Saint les dominait encore. Leurs regards flambaient de haine et de désirs meurtriers mais il les tenait sous sa coupe et les forçait à l'écouter.

– Je vais te dire pourquoi tu as perdu, Hayn, poursuivit le Saint de ce même ton aimable et badin qui les domptait aussi sûrement que s'il les avait menacés d'une arme. Tu as commis l'erreur de ne pas me croire quand je te disais que j'allais te conduire en prison. Tu étais persuadé que je ne laisserais jamais passer une telle occasion de chantage illimité. Ton caractère minable et perverti ne pouvait concevoir qu'un homme fasse et risque tout ce que j'ai fait et risqué simplement au nom d'un idéal. Tu m'as jugé selon tes standards corrompus. Voilà ton erreur. Je ne suis pas un escroc. Mais les escrocs trembleront d'effroi à l'évocation de mon nom. Toi et ceux de ton espèce ne craignez pas la police. Vous vous y êtes habitués – vous les appelez par leurs prénoms et échangez vos cigarettes quand ils vous arrêtent. C'est devenu un jeu. La prison n'étant plus qu'un gage en paiement d'une maladresse et les dessous-de-table, monnaie courante. Mais je vais vous fournir une nouvelle source d'angoisse : l'Inconnu. Tu feras notre publicité au banc des accusés. Le monde entier apprendra notre existence. Et quand nous en aurons terminé avec toi, tu pourriras en prison. Ton exemple nourrira la terreur des autres. Tu diras à la police que tu ne peux pas donner notre signalement. Je te rappelle qu'il en reste trois que tu ne connais pas. Et si tu nous causes le moindre tort, ces trois-là se chargeront de toi et sans aucune gentillesse. Tu saisis ? Tu n'oseras jamais parler...

– Parce que tu crois peut-être que tu pourras jamais parler, Templar ? rétorqua Hayn d'une voix tremblante tandis que sa main droite plongeait dans une de ses poches.

Le Saint lâcha un petit rire de triomphe.

– J'en suis sûr ! lança-t-il en se dressant brusquement, ses cordes tombant sur le sol.

Le petit couteau traversa la pièce comme un morceau de vif-argent et Hayn, son automatique à demi sorti de sa poche, sentit une douleur aussi fulgurante qu'une balle transpercer son poignet et toute force abandonna sa main.

Braddon dégainait déjà mais le Saint était rapide. Il saisit Hayn d'une poigne d'acier et le plaça entre lui et Braddon.

– Va derrière lui, Ganning ! hurla Braddon.

Mais avant que le Serpent ne puisse s'exécuter, le Saint s'était placé dans un coin de la pièce.

– Prenez la fille, espèces de crétins, gargouilla Hayn, étranglé par la poigne du Saint.

Le Saint ne tenait Hayn que d'une main mais sa force était extraordinaire. De l'autre, il cherchait son étui à cigarettes.

Braddon avait pointé son arme sur le visage de Gwen Chandler et Ganning lui liait les mains. Le Saint, une cigarette aux lèvres, frottait une allumette de sa main libre.

– Rends-toi, maintenant, menaça Braddon.

– Et comment ! s'écria le Saint.

L'allumette toucha le bout de sa cigarette et, dans le même mouvement, il la jeta loin de lui. Elle émit un sifflement strident comme une fusée sur sa lancée et en une seconde tout disparut dans un épais nuage de fumée.

Templar poussa Hayn dans cette opacité. Il savait au centimètre près où son couteau était tombé après qu'il eut sectionné les tendons de Hayn et il plongea pour le récupérer. Il heurta la chaise de Tremayne et, en quatre mouvements rapides, le libéra de ses liens.

De la fenêtre leur parvint un bruit de verre brisé. Une ombre émergea brièvement du brouillard.

– Gwen !

C'était la voix angoissée de Jerry Stannard. La jeune fille lui répondit. Ils se cherchèrent dans l'obscurité.

Un brusque courant d'air dissipa les volutes de l'écran de fumée qu'avait provoqué Templar. Stannard, la jeune fille entre ses bras, aperçut la porte ouverte. La silhouette si caractéristique du Saint se détachait sur le rectangle de lumière.

– Très, très efficace, mon cher Roger, remarqua le Saint.

– A l'avenir, n'hésitez pas à me confier ce genre de détails, répliqua Conway modestement.

Appuyé au chambranle de la porte, il tenait Edgar Hayn, Braddon et le Serpent entassés dans un coin sous la menace de son automatique.

14

Ils conduisirent les trois hommes dans une pièce sans fumée.

– C'est ma fiancée, plaida Jerry Stannard.

– C'est vrai, reconnut le Saint avec indulgence. Dicky, tu devras te contenter de Braddon. Il t'a, après tout, frappé alors que tu ne pouvais te défendre. Personne ne se mettra entre le Serpent et ce garçon !

L'affaire dura une demi-heure au bout de laquelle ils réunirent les pitoyables restes du minable trio de malfaiteurs pour les attacher très soigneusement à leurs chaises.

– Il y avait deux autres hommes, fit le Saint avec espoir en enroulant son mouchoir autour de ses jointures.

– Jerry les a assommés avec une clé à molette pendant que je les tenais en joue, raconta Conway. Nous les avons enfermés dans une pièce là-haut.

Le Saint soupira.

– J'imagine que nous devons les y laisser, fit-il à regret. Personnellement, j'ai l'impression de m'être fait avoir. Ces gars sont des adversaires lamentables quand on en vient aux choses sérieuses.

Conway se souvint tout à coup du message qu'il avait laissé entre les mains du propriétaire du *Bell.* Ils s'entassèrent à la hâte dans la voiture avec laquelle Conway et Stannard étaient arrivés et retournèrent au pub à vive allure. Une fois là, ils prirent le message, mirent de l'ordre dans leur tenue et s'installèrent pour dîner.

– On peut dire que c'était une journée bien remplie, lança le Saint avec satisfaction lorsqu'on apporta le café. Le chèque sera encaissé lundi matin et le montant sera versé aux hôpitaux de Londres, comme prévu – moins nos dix pour cent de commission que, je ne crains pas de le dire, nous avons bien gagnés. Je pense que je vais y joindre un de mes célèbres autoportraits. Une affaire comme celle-ci mérite une fin dramatique à la hauteur de ce qu'elle fut et l'occasion est trop bonne pour être négligée.

Il s'étira voluptueusement et alluma une nouvelle cigarette, sans risque d'explosion celle-là.

– Avant de rentrer nous coucher, fit-il encore, je vais envoyer un petit mot à Teal pour l'informer de l'endroit où trouver nos amis. J'ai peur qu'ils ne passent une nuit fort inconfortable, mais je n'y peux rien. Et maintenant, mes enfants, je suggère que nous rentrions à Londres.

Ils échangèrent verres et félicitations avec le seigneur et maître du *Bell.* (Il faut d'ailleurs mettre à l'éternel crédit de cet aimable gentleman qu'aucun haussement de sourcils suspicieux n'accueillit l'apparence quelque peu meurtrie de deux de ses clients ce soir-là.) Les salutations d'usage échangées, le Saint et son équipe se dirigèrent enfin vers leurs voitures.

– Qui rentre avec moi ? demanda Tremayne.

– Sans toi, mon vieux, répondit Jerry Stannard. Gwen m'accompagne !

Ils saluèrent la Buick jusqu'à ce qu'elle disparaisse puis le Saint monta à l'arrière de la Furillac.

– M. Conway conduira, déclara-t-il en s'installant confortablement. Privé de ma charmante conversation, vous méditerez sur le fait que notre ami est indubitablement perdu. Vous répéterez aussi la chanson que je viens juste de composer pour ses funérailles – heu, je veux dire fiançailles. Elle raconte l'histoire d'un jeune amoureux écervelé dénommé Jerry dont les méthodes étaient résolument fantaisistes. Quand le jeu s'est corsé, s'est-il montré futé ? Oh ! que oui, mes amis !... Oh ! que oui !... A propos, tu me laisseras au *Savoy,* Roger. J'ai rendez-vous... En attendant, chères vieilles peaux, bonne nuit !

Librio est une collection de livres à 10F réunissant plus de 100 textes d'auteurs classiques et contemporains.
Toutes les œuvres sont en texte intégral.
Tous les genres y sont représentés : roman, nouvelles, théâtre, poésie.

Alphonse Allais
L'affaire Blaireau
A l'œil

Isaac Asimov
La pierre parlante

Richard Bach
Jonathan Livingston le goéland

Honoré de Balzac
Le colonel Chabert

Charles Baudelaire
Les Fleurs du Mal

Beaumarchais
Le barbier de Séville

René Belletto
Le temps mort
- L' homme de main
- La vie rêvée

Pierre Benoit
Le soleil de minuit

Bernardin de Saint-Pierre
Paul et Virginie

André Beucler
Gueule d'amour

Alphonse Boudard
Une bonne affaire
Outrage aux mœurs

Ray Bradbury
Celui qui attend

John Buchan
Les 39 marches

Francis Carco
Rien qu'une femme

Calderón
La vie est un songe

Jacques Cazotte
Le diable amoureux

Muriel Cerf
Amérindiennes

Jean-Pierre Chabrol
Contes à mi-voix
- La soupe de la mamée
- La rencontre de Clotilde

Leslie Charteris
Le Saint entre en scène

Georges-Olivier Châteaureynaud
Le jardin dans l'île*

Andrée Chedid
Le sixième jour
L'enfant multiple

Arthur C. Clarke
Les neuf milliards de noms de Dieu*

Bernard Clavel
Tiennot
L'homme du Labrador

Jean Cocteau
Orphée

Colette
Le blé en herbe
La fin de Chéri
L'entrave

Corneille
Le Cid

Raymond Cousse
Stratégie pour deux jambons

Pierre Dac
Dico franco-loufoque

Didier Daeninckx
Autres lieux

Alphonse Daudet
Lettres de mon moulin
Sapho

Charles Dickens
Un chant de Noël*

Denis Diderot
Le neveu de Rameau

Philippe Djian
Crocodiles

Fiodor Dostoïevski
L'éternel mari

Arthur Conan Doyle
Sherlock Holmes
- La bande mouchetée
- Le rituel des Musgrave
- La cycliste solitaire
- Une étude en rouge
- Les six Napoléons
- Le chien des Baskerville
- Un scandale en Bohême

Alexandre Dumas
La femme au collier de velours

Claude Farrère
La maison des hommes vivants

Gustave Flaubert
Trois contes

Anatole France
Le livre de mon ami

Théophile Gautier
Le roman de la momie

Genèse (La)

Goethe
Faust

Albrecht Goes
Jusqu'à l'aube

Nicolas Gogol
Le journal d'un fou

Frédérique Hébrard
Le mois de septembre

Victor Hugo
Le dernier jour d'un condamné

Jean-Charles
La foire aux cancres

Franz Kafka
La métamorphose

Stephen King
Le singe
La ballade de la balle élastique
La ligne verte (en 6 épisodes)

Madame de La Fayette
La Princesse de Clèves

Jean de La Fontaine
Le lièvre et la tortue
et autres fables

Alphonse de Lamartine
Graziella

Gaston Leroux
Le fauteuil hanté

Longus
Daphnis et Chloé

Pierre Louÿs
La Femme et le Pantin

Howard P. Lovecraft
Les Autres Dieux

Arthur Machen
Le grand dieu Pan

Stéphane Mallarmé
Poésie

Félicien Marceau
Le voyage de noce de Figaro

Guy de Maupassant
Le Horla
Boule de Suif
Une partie de campagne
La maison Tellier
Une vie

François Mauriac
Un adolescent d'autrefois

Prosper Mérimée
Carmen
Mateo Falcone

Molière
Dom Juan

Alberto Moravia
Le mépris

Alfred de Musset
Les caprices de Marianne

Gérard de Nerval
Aurélia

Ovide
L'art d'aimer

Charles Perrault
Contes de ma mère l'Oye

Platon
Le banquet

Edgar Allan Poe
Double assassinat dans la rue Morgue
Le scarabée d'or

Alexandre Pouchkine
La fille du capitaine
La dame de pique

Abbé Prévost
Manon Lescaut

Ellery Queen
Le char de Phaéton
La course au trésor

Raymond Radiguet
Le diable au corps

Vincent Ravalec
Du pain pour les pauvres

Jean Ray
Harry Dickson
- Le châtiment des Foyle
- Les étoiles de la mort
- Le fauteuil 27
- La terrible nuit du Zoo
- Le temple de fer
- Le lit du diable

Jules Renard
Poil de Carotte
Histoires naturelles

Arthur Rimbaud
Le bateau ivre

Edmond Rostand
Cyrano de Bergerac

Marquis de Sade
Le président mystifié

George Sand
La mare au diable

Erich Segal
Love Story

William Shakespeare
Roméo et Juliette
Hamlet
Othello

Sophocle
Œdipe roi

Stendhal
L'abbesse de Castro

Robert Louis Stevenson
Olalla des Montagnes
Le cas étrange du Dr Jekyll et de M. Hyde

Bram Stoker
L'enterrement des rats

Erich Segal
Love Story

Anton Tchekhov
La dame au petit chien

Ivan Tourgueniev
Premier amour

Henri Troyat
La neige en deuil
Le geste d'Eve
La pierre, la feuille et les ciseaux
La rouquine

Albert t'Serstevens
L'or du Cristobal
Taïa

Paul Verlaine
Poèmes saturniens
suivi des Fêtes galantes

Jules Verne
Les cinq cents millions de la Bégum
Les forceurs de blocus

Vladimir Volkoff
Nouvelles américaines
- Un homme juste

Voltaire
Candide
Zadig ou la Destinée

Emile Zola
La mort d'Olivier Bécaille
Naïs

Histoire de Sindbad le Marin

* *Titres à paraître*

Achevé d'imprimer en Europe
à Pössneck (Thuringe, Allemagne)
en octobre 1996
pour le compte de EJL
84, rue de Grenelle 75007 Paris

Dépôt légal octobre 1996

Diffusion France et étranger
Flammarion